Si Bêi

Helyntion Wil Bach Saer

Geraint V. Jones

Gomer

Cyhoeddwyd yn 2010 gan Wasg Gomer,
Llandysul, Ceredigion SA44 4JL.

ISBN 978 1 84851 294 8

Testun: © Geraint V. Jones, 2010
Lluniau: © Anthony Kelly, 2010

Mae Geraint V. Jones wedi datgan ei hawl dan
Ddeddf Hawlfreintiau, Dyluniadau a Phatentau 1988
i gael ei gydnabod fel awdur y llyfr hwn.

Dymuna'r cyhoeddwyr gydnabod cymorth
Cyngor Llyfrau Cymru.

Argraffwyd a rhwymwyd yng Nghymru gan
Wasg Gomer, Llandysul Ceredigion.

I'm
gor-wyres
Hanna Elin

Si Bêi

Chwech ar y ward – chwe chlaf, hynny ydi – a finna, y newyddian deg a thrigian oed, yr ienga ohonyn nhw. A'r gwaela hefyd, a barnu oddi wrth y chwrnu cyson o sawl cyfeiriad a'r clebran-trwy-gwsg o gyfeiriad arall.

'Rhaid iti fynd i mewn i gâl profion.'

Penderfyniad y Doc oedd hwnnw, yn gynnar yn y min nos!

'…Dwi wedi ffonio am ambiwlans.'

'Sbyty Penrhos? Dim…uffar…o…o beryg!'

Y Doc a finna'n ffrindia ers blynyddoedd ac felly'n ddigon hy y naill ar y llall. Doc Llynca Asprin ma pobol Llanlleidiog yn ei alw fo, am ei fod o'n gyndyn ar y diawl o roi antibaiotics i neb, ond *dwi*'n gneud yn iawn efo fo, rhaid deud, er ei fod o bymthang mlynadd yn iau na fi. Yr un diddordeba, dyna pam. Ein dau wrth ein bodd yn siarad am ffwtbol yn y gaea ac am sgota yn yr ha. Mi fydd o'n galw heibio'r gweithdy'n reit amal yn ystod y tymor sgota yn y gobaith y bydda i wedi cawio pluan neu ddwy iddo fo. Ma Doc yn un da am handlo stethoscôp a llenwi prîsgipshyns a phetha felly ond pan ddaw hi'n fatar o gawio plu sgota yna ma'r cradur bach yn fodia i gyd.

'Dim dewis, boio! Sut arall ma ffeindio be sy'n achosi'r poena ma iti?'

A finna yn fy nybla wrth ei draed ar y pryd, ac yn stryglo i gâl geiria allan drwy'r boen, do'n i ddim yn y sefyllfa ora i ddadla, o'n i? Sut bynnag, ro'n i wedi bod yn câl poena off ac on – on ac off, yn hytrach – ers tro, heb yn wbod iddo *fo*. Ond dim byd cyn waethad â heno, o bell ffordd.

'Dyro injecshyn ne…ne rwbath imi ta…wir Dduw…i ladd y…y boen.'

'Na. Atab dros dro i'r broblem fasa peth felly. Dwi am iddyn nhw dy weld di fel wyt ti rŵan…'

Nhw! Nid pobol y goets fawr oedd gynno fo mewn golwg, wrth gwrs, ond doctoriaid fama.

'…iddyn nhw gâl gweld dy gyflwr di drostyn eu hunain.'

Fydd o a finna ddim yn effio'n gilydd fel arfar ond ma gan rywun hawl i amball eithriad, decinî. 'Effin 'el, Doc! Mi… mi gymrith dri chwartar awr…o…o leia i…i gyrradd Sbyty Penrhos.'

Sut bynnag, i dorri stori hir a phoenus yn fyr, mi gês ddiodda hannar awr arall cyn i'r ambiwlans gyrradd, yna awr ar y ffordd a jest i awr ar ben hynny wedyn cyn câl gweld un ohonyn '*nhw*' a chyn câl unrhyw leddfhad.

Oes na'r fath air â *lleddfhad*, medda chi? Nagoes, debyg, ond dach chi'n dallt be dwi'n feddwl, siawns. Dwi di bod yn chwilio amdano fo ers wsnosa, beth bynnag. Cythru i'r *Rennies*, llowcio *Gaviscon*, sipian *Settlers*…Tawn i rywfaint callach!

Ma sôn y bydda i'n câl 'camra-i-lawr' fory, beth bynnag ydi ystyr peth felly. Gwell na 'chamra-i-fyny', siŵr o fod! A sgan Em-âr-rhwbath-neu'i-gilydd hefyd, os bydd angan. I fynd at wraidd y broblam, meddan *nhw*.

Chwech ar y ward. Os ma dyna ddeudis i gynna, yna dwi wedi'ch camarwain chi'n gythral. Chwech yn y *bêi* ddylwn i fod wedi'i ddeud. *Bêi* fel yn Colwyn Bêi, am wn i. *Bae* yn Gymraeg, felly, fel yn *Bae* Ceredigion neu *Bae* Trearddur, ond bod dwyieithrwydd Sbyty Penrhos heb gyrradd cweit cyn bellad â hynny, eto.

Sut bynnag, i Si Bêi – *C Bay* yn yr iaith fain – y daethon nhw â fi. Câl fy ngwthio yr holl ffordd yma o'r Ê-and-î – yr *Acsudent-and-imyrjensi.* Mewn cadar-olwyn, uff-iw-plîs! Finna, er gwaetha fy mhoena, yn protestio wrth y cochyn portar hirgoes oedd yn gwthio, 'Aclwy maw! Dwi'n ddigon tebol i gerddad, machgian i! Dydw i ddim wedi torri nghoesa na dim byd felly.' 'Ond chdi'n imyrjensi'n dwyt!' medda fo'n ôl, yn coci reit, a dechra gwthio'n gletach, fel 'tai o ar grwsâd, nes bod pawb a phopath ar y coridor yn sgrialu o'n ffordd ni a finna'n teimlo drafft yn oeri mhen. 'Hy! Tupical o bobol ifanc yr oes!' medda finna wrtha fy hun. 'Dim math o barch at y to hŷn. A'r gair *chi*? Be uffar ddigwyddodd i hwnnw?'

Sut bynnag, yma i Si Bêi yn Ward Glasddwr y gwthiodd Cochyn fi ond peidiwch â gofyn, wir Dduw, pa ffordd y daethon ni oherwydd ro'n i wedi colli fy mêrings yn fuan iawn. Mewn lufft, ran o'r daith, beth bynnag. A hwnnw'n lufft dwyieithog, os medrwch chi gredu'r peth. 'Drysau'n cau, *doors closing*... Lufft yn mynd i fyny, *lift going up*... Drysau'n agor, *doors opening.*' A'r Gymraeg yn gynta! Rhyfadd o fyd! Peidiwch â gofyn chwaith faint o wardia erill, tebyg i Glasddwr, sydd yn y Sbyty Penrhos ma. Cannoedd, siŵr o fod, a barnu oddi wrth yr holl arwyddion! A milltiroedd o goridora Marli-teilsaidd yn eu cysylltu nhw... neu yn eu gwahanu, dibynnu sut dach chi'n sbio ar y peth. Warin cwningod o le, beth bynnag.

Ond gwrandwch ar hyn, fel ŷch bod chi'n dallt fel ma petha'n gweithio yn y lle ma! I haeddu'r enw, rhaid i bob 'ward' gâl pedwar 'bêi' – Ê, Bi, Si a Di – yn ogystal â hannar dwsin o giwbicls unclaf. Deg ar higian o wlâu i gyd, felly, os ydi fy syms i'n iawn. Ac ynys sgwâr o ddesg yn y canol, yn rhannu Ê a Bi ar y naill law oddi wrth Si a Di ar y llaw arall. Rhannu'r merchaid yn Ê a Bi oddi wrthon ni'r dynion yn Si a Di. Rhag i rywun drefnu orji, decinî!

Sut bynnag, fe gês gip sydyn o'r ynysddesg honno wrth i'r cochyn a finna wislo heibio iddi, a heibio Nyrs Nos oedd yn disgwyl amdana i. Roedd ei gwynab hi – gwynab y ddesg nid gwynab y nyrs – o'r golwg o dan ffeilia a phapura, efo ffôn fan hyn a fan'cw a chyfrifiadur fan draw. Llanast llwyr o weithgarwch, sa chi'n gofyn i mi.

Hi – y ddesg a'i chyffinia – ydi nyth y nyrsys. O fama ma nhw'n hedfan, ddydd a nos, ar deithia tosturi a thrugaredd. Yn union fel y postman bach pluog hwnnw – y titw neu'r dryw bach neu beth bynnag oedd o – ddôth o Iwerddon, slawar dydd, a landio ar ysgwydd rhyw fôi mawr oedd yn frenin bendigedig ar y wlad ma i gyd cyn i'r Seuson gyrradd.

A synnwn i iot, tawn i'n codi at y ffenast bora fory, wedi iddi oleuo, a gwthio mhen allan yn ddigon pell – nid bod posib gneud hynny, chwaith! – na allwn i weld y castall lle roedd o'n byw.

Wili Welsh ddaru adrodd y stori honno wrthon ni yn yr Haiyr-Grêd, slawar dydd. A fo, hefyd, a ddeudodd mai tosturi a thrugaredd oedd yng nghalon y deryn bach wrth iddo fo fflio dros y dŵr o Iwerddon. *'Tosturi a thrugaredd a'm canlynant holl ddyddiau fy mywyd.'* Ond falla mod i'n cawlio rŵan! Falla ma rhywun arall, nid Wili Welsh na'r dryw bach, ddeudodd beth felly!

A deud y gwir wrtha chi, rhwng y mud boen yn fy nghylla a'r corws o chwrnu a rhechan ac ochneidio sy'n llenwi'r tawelwch o nghwmpas i rŵan ac yn fy nghadw fi'n effro, fedra i ddim meddwl yn glir o gwbwl. Ac eto i gyd, does dim lle gwell na hwn i hel meddylia!

Felly, cwestiwn rŵan i'r rhai ohonoch chi sy'n honni gwbod pob dim am reola iaith a phetha felly – Be'n union ydi'r gair 'ward'? Ydi o'n enw torfol, ta be? *Gyrr o wartheg, diadell o ddefaid... ward o faeau a chiwbicylau?* Neu falla mai *ward o gleifion* sy'n gywir? *Ward o nyrsys* hyd yn oed! Sut bynnag, Si Bêi Ward Glasddwr ydi fama, a finna, bellach, yn garcharor ac yn lwmp o ddiflastod di-gwsg yn un o'i chwe gwely.

Mi gês injecshyn ganddyn nhw dro'n ôl a rhaid cyfadda bod y boen chydig yn well erbyn rŵan. *Poen yn well,* medda fi! Peth hurt i'w ddeud, pan feddyliwch chi am y peth! Gwell na be, 'lly? Gwell nag oedd o, ma'n debyg. Ond mae o'n dal i fod yn boen! Cwestiwn arall ichi felly, chi bobol sy'n honni gwbod be di be – Be ydi 'gwell'? Gofyn am y term gramadegol ydw i, rŵan. Ydi o'n enw? Yn ferf? Yn arddodiad? Ta be?

Dwi'n clŵad amball ben bach yn eich plith chi'n rhuthro i atab, yn ddoeth i gyd – 'Gradd-gymharol-yr-ansoddair *da. Da – cystal – gwell – gorau,*' medda chi, 'ond-bod-y-gair-yn-cael-ei-ddefnyddio-gyda-grym-adferfol-yn-y-cyswllt-arbennig-hwn.' Gwd-ffor-iw! medda finna, sydd hefyd yn shit hot ar fy ngramadeg, diolch i Wili Welsh yn yr Haiyr-Grêd slawar dydd. Ond atebwch y cwestiwn yma rŵan, os medrwch chi – pryd glywsoch chi neb erioed yn deud bod poen yn *dda*? Neu *cystal* â rhyw boen arall? Neu glywsoch chi rywun erioed yn deud peth mor hurt â 'Dyma'r poen *gorau* dwi wedi'i gâl erioed?' Naddo, siŵr Dduw! Ond ma'n ocê deud bod y poen yn *well*, decinî? Ia, iaith od ar y naw ydi'r Gymraeg ma, pan feddyliwch chi am y peth!

Mi fydd rhai ohonoch chi'n synnu, ma'n shŵr, fod pwt o saer coed fel fi – yndyrtêcyr, gyda llaw – ac sy'n dod o Lanlleidiog o bob man, yn medru trafod y terma yma o gwbwl; yn enwedig pan feddyliwch chi mai mewn Ysgol Sentral y cês i f'addysg. Wel, i Wili Welsh y ma'r diolch oherwydd roedd yr hen foi yn benderfynol o roi cystal grownding inni yn y Gymraeg ag oeddan nhw'n gâl mewn *Latin* bryd hynny yn y Cownti, sef y Gramyr Sgŵl. Isho profi oedd yr hen fachgan, dwi'n ama, nad oedd pawb oedd yn ffêlio'r sgolaship mor dwp ag oedd rhai pobol isho'i gredu. A dyna pam, felly, ein bod ninna'n gorfod dysgu lot o betha gwirion ar ein cof, yn union fel taen ni'n dysgu *Rhodd Mam* (er na wnes i mo hynny rioed, cofiwch). Yr arddodiaid, er enghraifft – *am ar at…gan tros trwy…wrth dan heb…hyd o i* – a gwbod mai treiglad meddal oedd yn dilyn rheini bob amser. Treiglad trwynol wedyn ar ôl *yn*, treiglad llaes ar ôl *tua* a *gyda*. Uffernol o bôring i rai, dwi'n gwbod, ond am ryw reswm ro'n i'n medru cymryd at betha fel'na fel sgodyn at ddŵr, neu fel Llew Llwnc Llydan at ei beint bob nos Sadwrn, ac ro'n i wrth fy modd hefyd pan fydda Wili'n rhoi test inni ar luosog enwa. *Be di mwy nag un…brân…cawr…nant…?* Ac yn gwylltio'n gacwn efo Gordon Pen Swejan am ddeud *branods* a *cawrion* a *nantiaid* a phetha gwirion felly. Ro'n i'n shit hot ar y treigliada hefyd, ichi gâl dallt, ac yn cál fy nghanmol yn amlach na neb. *'Tîtshyr's pet! Jest am bod chdi'r un enw â fo!'* Guto Ritsh, fy mêt gora, oedd yn edliw peth felly imi. Ac ro'n i'n cál amal i sweipan arall ar draws fy nhrwyn hefyd. Cál fy ngalw'n *'Wili Gorberffaith'* am sbel, jest am fod Wili Welsh wedi nghanmol i am ddefnyddio *'ymddangosasai'* mewn brawddeg rywdro a deud mod i'n sgwennu'n debyg i Cêt Robas. Ac ro'n i'n Wili-Jôs-cadw-dy-blydi-tships yn amal ar y naw, hefyd! Ond dyna fo, waeth pa oes dach chi'n byw ynddi, ma cenfigen yn shŵr Dduw o ladd rhai pobol. A dydi proffwyd byth yn cál ei werthfawrogi yn ei wlad ei hun beth bynnag.

Dwi'n gwbod mod i'n rwdlan a dach chi'n ama erbyn rŵan, decinî, fod beth bynnag roeson nhw imi at y boen wedi mynd yn syth i mhen i, a mod i'n colli arni. Wel, credwch chi be fynnoch chi ond taech chi, yn hytrach na fi, yn gorwadd yn gwbwl effro yn fama rŵan, drymdar nos, mewn ward jeriatrig, yn gwrando ar bob poen yn ych cylla ac ar bob chwyrniad a rhech yn y gwyll o'ch cwmpas, yna rwdlan-hel-meddylia fasa chitha hefyd. Garantîd!

Mi fasa'n haws cysgu tasa pob man yn dywyll ac yn dawal, ond ma na ddau ola bach yn nenfwd Si Bêi sy'n gwrthod diffodd ac ma parablu cyson y nyrsys uwch eu panad-canol-nos weithia'n troi'n rhaeadr o chwerthin ac yn llenwi'r coridor tu allan a llifo i mewn i fama, ata i. O dan y fath amoda, sut ma posib cysgu, medda chi? Na meddwl yn glir, chwaith, o ran hynny!

Dwi newydd sylweddoli bod y rheilia sy'n rhedag uwchben y gwely ma – ac o gwmpas pob un o'r gwlâu erill hefyd, o ran hynny – yn edrach yn debyg i rêls trên bach ond mai cyrtans melyn ysgafn yn hytrach nag injan Hôrnbi sy'n rhedag ar hyd rhain. Dwi wedi gweld, droeon yn barod, mor ddeheuig ydi'r nyrsys am gau ac agor y cyrtans yma efo *swish swiiish* yn ôl y galw ac yn ôl yr angan.

Ma'r hen gradur sydd yn y gwely wrth y ffenast, groes-gongol imi, wedi bod yn parablu yn ei gwsg ers meitin, yn cynnal sgwrs gall, a chyfeillgar hefyd yn ôl ei thôn, efo rhyw gâr neu geraint neu'i gilydd, ond fedra i yn fy myw â dilyn pob dim mae o'n ddeud, chwaith. Gynna, mi fentrodd hyd yn oed ganu llinall ne ddwy o *She'll be coming round the mountain when she comes*, a hynny mewn llais bach tawal a digon dymunol. Sais ydi o, 'tai hynny o unrhyw bwys mewn lle fel hyn. A rŵan mae o wedi dechra anniddigo ac yn cicio'r dillad gwely i ffwrdd, i noethi ei goesa tena gwynion ac i ddangos y clwt trwchus fel clwt babi sydd gynno fo am ei din. Rhaid nad oes gan y cradur bach ddim pyjamas i'w enw! Dim byd ond coban bapur efo 'Ysbyty Penrhos' yn blastar o brint drosti, coban a gafodd o, ma'n siŵr gen i, i fynd i'r thîetyr am ei opyreshyn, pryd bynnag oedd hynny. Bechod!

Dydi o ddim yn siarad nac yn canu rŵan, dim ond gneud sŵn bach cwynfannus fel 'tai o angan help. Ma'r pedwar arall yn cysgu'n sownd a rhag i'r hen gradur deimlo embaras, dwinna'n smalio gneud yr un peth trwy wasgu fy llygid yn dynn a throi cefn arno fo.

Ma rhwbath mawr yn bod ar yr hen fachgan sydd yn y gwely-drws-nesa-imi hefyd, sa chi'n gofyn i mi. Bob hyn a hyn ma na sŵn od ar y diawl yn dod o'i gyfeiriad o, sŵn fel swnami'n cychwyn yn ei fol ac yn byrlymu wedyn yr holl ffordd trwy'i ymysgaroedd.

'Y cradur bach! Be uffar sgen i i gwyno'n ei gylch yn de?' medda fi wrtha fy hun, a theimlo'n hunangyfiawn o neud hynny.

Swish swiiish.

Heb imi eu gweld na'u clywad, mae dwy nyrs wedi fflïo i mewn, fel dwy angylas, ac wedi amgylchynu gwely'r Sais, efo cyrtans melyn. Dwi'n eu clywad nhw'n siarad yn dawal ac yn ffeind efo fo a dwi'n casglu mai wedi glychu'i hun mae o – neu waeth, hyd yn oed – a'u bod nhw rŵan yn rhoi clwt sych amdano. Bechod! Be fydda Nain yn ddeud, stalwm? 'Unwaith yn ddyn, dwywaith yn blentyn.'

On'd oedd yr hen bobol yn dda am greu dywediada fel'na, deudwch? A ma na un arall yn dŵad imi, hefyd – un Susnag y tro yma: 'There, but for the grace of God, go I.' Waeth ichi gyfadda ddim, mae gỳn hyd yn oed y Sais amball ddywediad da, hefyd...

Digon i'r diwrnod
ei ddrwg ei hun

Ddigwyddodd dim byd heddiw. Dim byd o bwys, beth bynnag. Dim sgan em-âr-ai, er enghraifft. Dim camra-i-lawr, chwaith! Na chamra-i-fyny, diolch i Dduw! Ond fe gyrhaeddodd criw o ddoctoriaid, rywbryd ganol bora, a nyrs mewn glas tywyll i'w canlyn. 'Wiliam Jôns,' medda honno, i nghyflwyno fi iddyn nhw. 'Si sic,' medda hi wedyn, fel 'tai hi'n egluro be oedd yn bod arna i. Finna isho protestio mod i wedi rhwyfo cwch Llyn Diwaelod ym mhob tywydd yn y tymor sgota heb unwaith deimlo sâl môr. Ond cau ceg wnes i, rhag ofn mai siarad mewn côd meddygol 'roedd hi, oherwydd ro'n i newydd ei chlywad hi'n cyfeirio at y boi yn y gwely-dros-ffordd wrth yr enw 'Siwan'. Hynny hefyd yn od, dach chi'm yn meddwl?

Sut bynnag, croenddu oedd y pen doctor, y consyltant, captan y tîm. 'Ffaif-ffwt-ten yn nhraed ei sana,' medda fi wrtha fy hun. A rhaid cyfadda ei fod o'n edrach yn gythral o smart yn ei gôt glaer-ulw-wen. Bachgan golygus iawn, a fedrwn i ddim llai na sylwi bod Nyrs Las Tywyll yn ei lygadu fo'n amlach nag oedd raid iddi. Bechod, serch hynny, na fasa fo'n gwbod sut i wenu oherwydd roedd gynno fo lond ceg o'r dannadd mwya gwyn dwi wedi'u gweld erioed; dannadd y basa Cari Grant yn *Ddy Praid and Ddy Pashyn* neu Clârc Gêbl yn *Gon Wudd ddy Wund* wedi bod yn fwy na balch ohonyn nhw. Ond rhyw olwg digon pethma oedd ar y tri arall, ma'n rhaid deud; un yn llewys ei grys – crys glas angan-ei-smwddio. Ffaif ffwt sefn fasa fo. Pacisdani dwi'n tybio, ond faswn i ddim yn mynd ar fy llw, chwaith. Roedd y ddau arall yn iau o dipyn ac yn gwisgo jympyrs digon blêr yr olwg – Sais-o-Lerpwl a Chymro-o-Sowth, yn ôl eu hacenion. Sgowsar a Hwntw! Un yn ffaif ffwt sics a'r llall ddwy fodfadd a hannar yn dalach. Ma gen i lygad am y petha ma, dach chi'n dallt. Wedi hen arfar â mesur! 'Stiwdant doctors, decinî,' medda fi wrtha fy hun a mwmblan gweddi sydyn: 'O Dduw, trugarha! Paid â rhoi mywyd i yn nwylo'r rhain, byth.'

Sut bynnag, nâth y tri ddim byd ond sefyll wrth droed y gwely tra oedd y captan-yn-y-gôt-wen yn egluro'r peth yma a'r peth arall iddyn nhw ac yn taflu amball gip ata i ac amball gwestiwn at y ddau ifanc fel 'tai o'n trio'u dal nhw, fel y bydda Wili Welsh yn ein testio ni, slawar dydd. Ond er ei bod hi'n gwbwl amlwg mai fi a fy mhoena oedd testun y cwis, eto i gyd mi allech chi daeru mai trafod buwch farw oeddan nhw. Fedrwn i ddim peidio sylwi chwaith ar acen od y dyn du ac ro'n i'n trio dychmygu o ba ran o Affrica roedd o'n dod.

Sowth Affrica, falla? Iwganda, o bosib? Na, y Congo yn nes ati, ddeudwn i! Maen nhw'n dduach yn fan'no nag yn unlla arall. Am eu bod nhw'n byw ar yr îcwêtyr ac yn nes at yr haul, dach chi'n gweld.

Yna, efo dim byd mwy na nòd sychlyd o ben y dyn mawr â'r dannadd gwyn, allan â nhw ac fe ddôth Si Bêi ato'i hun unwaith eto.

Yn fuan wedyn, fe landiodd nyrs fach ddel wrth fy ngwely a rhoi arwydd 'NIL BY MOUTH' mewn llythrenna bras ar y wal uwch fy mhen a deud y byddwn i'n câl fy rhoi ar y drùp, beth bynnag ydi peth felly.

'Be di enw'r doctor du?' medda fi wrthi. Ro'n i'n teimlo bod gen i hawl gwbod, o gofio bod fy mywyd i yn ei glorian o.

'Y consyltant dach chi feddwl?' medda hitha'n ôl. 'Doctor Mendioti. Dyn neis iawn.'

'A be am y boi oedd efo fo? Y Pacisdani yn y crys glas?'

Mi sbiodd yn od arna i am eiliad. 'O Tyrci ma teulu Doctor Vobolia'n dod,' medda hi'n shòrt. 'Ond mae o ei hun wedi cael ei eni a'i fagu yn Byrmingham.'

Acwy maw! 'Fobolia?' me fi. 'Enw rhyfadd!' Ac mi ddôth na syniad bach doniol i mhen i. 'Be di'i enw cynta fo, 'lly?' me fi wrthi wedyn, yn câl traffarth cadw gwynab syth rŵan. 'Mela?'

Mi sbiodd yn od arna i eto, fel ta hi ddim yn dallt y jôc.

'Mela Fo Bolia!' me fi, a rhoi fy llaw ar fy mol, iddi allu gwerthfawrogi'r ffraethineb.

'Doniol iawn!' medda hi'n sych. 'Ma Doctor Vobolia hefyd yn ddyn neis iawn, ichi gâl dallt. Fo ydi rejistrâr Doctor Mendioti.'

'Tewch â deud!' A finna wedi meddwl erioed mai rhoi hawl

i bobol briodi a chael eu claddu oedd gwaith rhywun felly. O wel! Ma'r hen air yn ddigon gwir, decinî – 'Mwyaf y bydd dyn byw, mwyaf wêl, mwyaf glyw.'

Pan ddeudis i, gynna, na ddigwyddodd dim byd heddiw, sôn am yr ochr feddygol i betha o'n i, wrth gwrs. Mi ddigwyddodd digon fel arall. Ben bora, er enghraifft, ar ôl imi folchi a shafio, mi ges i ddillad glân a di-grych ar fy ngwely a choeliwch fi roedd hynny'n braf ar ôl bod yn troi a throsi ac yn laddar o chwys yn y lleill, dros nos. Wedyn, yn fuan ar ôl i bawb, ac eithrio Siwan-dros-ffordd, gael eu brecwast – dewis o uwd neu gorn fflêcs, panad o de neu goffi ac un dafall o fara efo twb bach o Flora a llond gwniadur o *mam-ar-lêd* (chwedl Guto Ritsh ers talwm) – mi gyrhaeddodd y bôi-papur-newydd efo'i droli. 'Postyn Lerpwl, plîs!' medda fi mewn Cymraeg clyfar ac estyn yr union bres iddo fo. 'Dail y Post ti'n feddwl, ma'n siŵr,' medda fynta yn ôl, yr un mor glyfar Gymreig. Sut bynnag, mi fues i'n darllan am hannar awr go dda a châl cip ar yr Îsi Croswyrd ac yna'r swdocw. Erbyn hynny, roedd nyrsys y dêi-shifft wedi gorffan eu dyletswydda boreol – newid napis a molchi llefydd preifat tu ôl i gyrtans melyn, cymryd blydpreshyrs a thempretshyrs a rhannu tabledi a ffisig i hwn ac arall – ac wedi mynd drws nesa wedyn i Di Bêi, i neud yr un petha yn fan'no, am wn i.

A dyna pryd yr hwyliodd y Consylltant i mewn, a'i braidd bychan i'w ganlyn. Yna, wedi iddyn nhw ddiflannu, a gan mod i'n teimlo ganmil gwell nag o'n i neithiwr, dyma fi'n meddwl yn lled-Feiblaidd, 'Cyfod o dy wely a dos i rodio, er mwyn iti ddod i nabod y lle a chyflwyno dy hun i'th gymdogion gorweddog'.

Mi ddechreuis efo'r hen gradur ar y dde imi, y boi efo'r swnami yn ei stumog. Cythral o foi tal hefyd, a barnu oddi wrth ei hyd o dan ddillad y gwely! Sics ffwt tŵ o leia! Pen moel, trwyn pig, pantia yn lle bocha, asgwrn o ên… 'Leonard Morris' oedd yr enw uwch ei ben. 'Smâi?' medda fi'n glên. 'Wiliam Jôs ydi'r enw. O Lanlleidiog. Un o lle dach chi, 'lly?' Ond throdd o mo'i lygid na deud yr un gair, y naill ffordd na'r llall. 'Wel bydd fel'na ta, y snwlyn!' medda finna wrtha fy hun, yn teimlo clais ar fy malchder ond yn ymwybodol o ryw gywilydd bach yr un pryd am mod i'n gwbod o'r gora bod rhwbath mawr yn bod ar ymysgaroedd y dyn.

Symud ymlaen felly at y gwely wrth y ffenast.

'Smâi?' medda fi, yn fwy gofalus o glên y tro yma. 'Wiliam Jôs ydi'r enw. O Lanlleidiog.'

Yn wahanol i'w gymydog, mi gynhyrfodd hwn yn lân wrth gâl y fath sylw. 'Deudwch i mi!' medda fo mewn llais bach cryglyd, ei lygid yn pefrio yn ei ben a'i wallt yn sticio i fyny fel gwallt y Lorel-and-hardi tena. 'Ydi'r Brenin wedi cyrradd?'

'Ym! Dwi'm yn meddwl,' medda finna, yn ama am eiliad mai tynnu nghoes i oedd o.

'Ond ma'r Prei-munustyr yma!'

Deud nid gofyn y tro yma, ac yn hytrach na throi cefn a cherddad i ffwrdd, mi benderfynis inna fod yn ddoniol ac yn ffraeth. 'Pa un dach chi'n feddwl?' medda fi, yn gneud fy ngora i fygu gwên. 'Toni Blêr ta Magi Thatshyr?'

Mi sbiodd yn wyllt arna i wedyn, fel 'tai fi ac nid fo a ddylai fod mewn seilam. 'Tshyrtshil, ddyn!' medda fo. 'Tshyrtshil!'

'Isho inshiwrio'ch hun dach chi?' medda fi wedyn, efo gwên oedd yn dechra gwanio. Y ci efo'r pen aflonydd sy'n addo rhatach inshiwrans na neb arall ar y teli oedd gen i mewn golwg, wrth gwrs.

Ond doedd yr hen gradur ddim yn impresd o gwbwl efo'r jôc. 'Winstyn Tshyrtshil!' medda fo eto'n shòrt. 'Y Preimunustyr!'

Erbyn rŵan, mi wyddwn i o'r gora ei fod o'n ddw-lal. 'Gwbod dim o'i hanas o,' medda fi a symud ymlaen yn reit sydyn at y ffenast, i gâl fy ngwynt ata.

Ac eithrio'r chydig goed aflonydd o gwmpas y maes parcio tu allan, doedd dim i'w weld ond niwl gwlyb a chymyla, ac ôl glaw. Dim sôn am fynyddoedd yn y pelltar, a hyd yn oed pe gallwn i wthio mhen allan i chwilio, mi wyddwn i o'r gora na fasa na ddim sôn am gastall y cawr bendigedig, chwaith. Rhaid ei bod hi wedi bwrw'n gythral o drwm dros nos oherwydd roedd nifar o'r ceir yn sefyll mewn pylla mawr o ddŵr. 'Rhyfadd na faswn i wedi clywad y glaw,' medda fi wrtha fy hun, 'a finna wedi bod yn effro cyhyd.' Y peth ola allwn i 'i gofio, cyn i Huwcyn ddod ata i'n ddirybudd, oedd y nyrsys yn newid clwt y Sais, rywbryd ganol nos.

Troi at hwnnw, felly, rŵan, am sgwrs. Ond waeth imi heb, oherwydd roedd o wedi haibyrnêtio fel pathew o dan ei gynfas; wedi ymlâdd, synnwn i ddim, ar ôl bod yn sgwrsio ac yn canu yn yr oria mân. 'Charles Edward Morton' medda'r enw ar y wal uwch ei ben. Enw crand ar y diawl, medda finna wrtha fy hun, o gofio'r goban fenthyg amdano a'r clwt babi am ei din. *Pen punt a chynffon dima*, chwedl Wili Welsh ers talwm.

Ches i ddim mwy o lwc efo'r nesa ato, chwaith; hwnnw'n ista yn ei gadar yn ei ddresin-gown goch, yn chwrnu'n braf, er gwaetha'r ffaith ei fod o wedi câl noson lawn o gwsg yn barod. 'Wedi câl ei bigo gan tetsi-fflai, synnwn i ddim!' medda fi'n wamal wrtha fy hun, yn jelys ar yr un pryd o'r mop o wallt gwyn oedd gyno fo; hwnnw'n llaes fel gwallt Tsharltyn Hestyn yn *Ddy Ten Comandments*. 'Morris Owen Stevens' oedd yr enw ar y wal. MOS ffòr shôrt! Addas iawn! Roedd o'n ddigon tebyg, a deud y gwir, i'r llun o Moses ar wal festri capal Hebron stalwm, ond bod gan hwnnw locsyn mawr gwyn, a hwn ddim!

Fy unig obaith am sgwrs, felly, oedd 'Siwan', sef y boi yn y gwely gyferbyn â fi. Roedd o'n ista'n reit ddel yn ei gadar, yn cuddio tu ôl i'r *Daily Scandal*. Robert Griffiths NIL BY MOUTH oedd yr enw ar y wal uwch ei ben.

'Smâi?' medda fi. 'Wiliam Jôs ydi'r enw. O Lanlleidiog.'

'Ia, dwi'n gwbod,' medda fo'n drwynol, a rhoi ei bapur yn gyndyn o'r neilltu.

'Sut hynny?' medda finna, yn rhyfeddu fy mod i mor adnabyddus yn y lle ma mewn cyn lleiad o amsar.

'Dwi di bod yn gwrando arnat ti'n mynd o gwmpas, siŵr Dduw!' medda fo'n ddiamynadd. 'Eniwei, ma dy enw di'n ddigon plaen uwchben dy wely di – William Jones, Si Sics.'

'Be?' me finna'n shòrt, yn ama am eiliad bod hwn eto, fel y nyrs, gynna, yn galw enwa arna i ac yn fy nghymryd i, felly, yn dipyn o bric pwdin. 'Be ddaru ti ngalw fi rŵan?'

'Si Sics!' medda fo eto, yr un mor ddidaro â chynt a heb hyd yn oed sylwi arna i'n cau fy nyrna'n dynn ac yn torsythu'n fygythiol o'i flaen, i fy llawn ffaif-ffwt-wàn-and-ê-hâff. Yn hytrach, mi âth rhagddo fel trên ddiamynadd, i egluro, 'Fi ydi Si Wan, hwn yn f'ochor i ydi Si Tŵ, yr eos wrth y ffenast ydi Si Thrî, yr hen soldiar gyferbyn â fo ydi Si Ffôr, Len ydi Si Ffaif a chditha, felly, ydi Si Sics. Ne'n hytrach dy wely di!'

'A!' me finna a llacio fy nyrna unwaith eto wrth i'r goleuni wawrio. Ro'n i'n gweld, rŵan! Roedd gan bob gwely yn Si Bêi nymbyr gwahanol. Felly, rhag iddo fo feddwl mod i'n uffernol o ddiniwad a di-ddallt, dyna fi'n troi'r stori'n syth, 'Ers pryd wyt ti i mewn, felly?' Fe fu bron imi ofyn, hefyd, be oedd yn bod arno fo – pam bod angan iddo fo fod yn sownd wrth yr holl beipia – ond peidio agor y fflodiat hwnnw oedd ora.

'Rhy hir!' medda fo mewn atebiad nad oedd yn atebiad o gwbwl! 'Croeso i'r ffaiyring-lein!' medda fo wedyn, a'i wynab yn crebachu i rwbath rhwng gwên a chrio.

'Be?' Do'n i ddim yn ei ddallt o rŵan, chwaith.

'Ni fydd nesa, sti!' medda fo'n ddoeth i gyd ac mi ges yr argraff mai trio deud rhwbath sîriys mewn ffordd ddoniol oedd o. 'Ar ôl rhein!' medda fo wedyn gan gyfeirio at y pedwar arall oedd yn rhannu Si Bêi efo ni.

'Nesa i be, 'lly?' me finna, yr un mor ddi-ddallt â chynt. 'I gâl sgan em-âr-ai ti'n feddwl?' Fedrwn i feddwl am ddim byd arall, heblaw camra-i-lawr neu – Duw a'm gwaredo! – gamra-i-fyny.

Chwerthin nâth o wedyn. 'Ma'r ddau wrth y ffenast dros eu nainti,' medda fo'n ddadlennol. 'Ma'r gwnidog yn êiti-sics, a Len yn sefnti-êt. A dydw inna, mwy na chditha, ddim mor bell â hynny tu ôl iddyn nhw.'

Mi welis i be oedd gynno fo, wedyn, efo'i *ffaiyring-lain*. 'Aclwy maw!' medda fi, wedi cynhyrfu braidd. 'Dim ond sefnti ydw *i*!' Ro'n i isho deud bod gen i flynyddoedd eto o mlaen, siawns. Wedi'r cyfan, claddu pobol erill ydi'n job i.

'A finna'n sicsti-sefn!' medda fo, fel 'tai o'n deud rhwbath cwbwl amlwg i bawb.

Wel dyna be oedd sioc! A finna wedi cymryd yn ganiataol mai fi oedd yr ienga yno!

'…Eniwêi, enw ar garrag fedd fyddwn ni i gyd cyn bo hir, sti.'

'Wel am ddiawl o foi joli!' medda fi wrtha fy hun a châl fy nhemtio i ddeud jôc fach er mwyn cuddiad fy syndod ynglŷn â'i oedran; rhwbath fel *'Biti na faswn i wedi dŵad â nhâp mesur efo fi, felly, i neud tipyn o fusnas'*. Ond mi ges ras o rwla i gau ngheg. Nid fama, wedi'r cyfan, ydi'r lle i frôdcastio mai yndyrtêcyr ydw i. Felly, dyna droi'r stori, eto fyth. 'Roeddat ti'n sôn am wnidog? Pwy ydi *o*, ta?'

'Hwn wrth f'ochor i,' medda fo, gan nodio'i ben i gyfeiriad Moses, y chwyrnwr yn y gadar wrth ei ymyl.

'Wel diolch am ddeud!' me finna, gan smalio ochenaid o ryddhad, 'neu falla ma rhegi yn ei ŵydd o faswn i.'

Mi chwerthodd yn wirion dros bob man pan glywodd o hynny a gneud i'r pedwar arall ddechra stwyrian.

'Dwyt ti ddim yn ei nabod o eto, ar-fenaid-i!' medda fo. 'Bob ydi'r enw, gyda llaw. Fi dwi'n feddwl, nid fo! Bob Griffis o Lanrwsutrwsut yn Sir Fôn.'

'Rioed wedi clywad sôn am y lle,' me finna, yn ama eto mai tynnu nghoes i oedd o. Er, ro'n i'n gwbod yn barod, cofiwch, bod Sir Fôn yn llawn o lefydd efo enwa hir a gwirion.

'Llanlleidiog yn ddiarth i minna hefyd, sa'i dod i hynny,' medda fynta'n shòrt, fel tawn i wedi piso i'w uwd o. 'Eniwêi, fydda i ddim yma'n hir iawn eto.'

'Be…?' me fi. Oedd o'n trio deud…? Doedd o ddim yn edrach mor wael â hynny.

'Dwi di câl llond bol ar dywydd Sir Fôn ac ar scrownjars y

teulu a dwi'n bwriadu prynu fùla yn Sbaen neu yn y Bahâmas ar ôl mynd adra o fama.'

Roedd o'n meddwl mod i'n ddiniwad ar y diawl, ma raid! 'Pwl ddî yddyr wàn, mêt!' medda fi wrtha fy hun.

'Llond blydi bol!' medda fo wedyn, i bwysleisio'i syrffad.

Yna, i ddangos bod y sgwrs ar ben, mi estynnodd yn bwdlyd am ei *Daily Scandal* unwaith eto a hoelio'i lygid ar pêj thrî ac mi es inna i orwadd ar fy ngwely, i feddwl am betha amgenach.

Ro'n i wedi sylwi, pan o'n i ar fy nhrafals o gwmpas y stafall, ma fi oedd yr unig un oedd heb fod yn sownd wrth ryw beipan neu'i gilydd. A deud y gwir, mae yma fwy o beipia yn Si Bêi nag mae amball brentis plymar wedi'i weld erioed. Peipan i fraich yn unig sydd gan y gwnidog, a honno'n sownd wrth swigan ddŵr yn hongian ar bolyn symudol; ond ma gan y gweddill beipan i fraich *a* pheipan i bidlan! Neu falla mai peipan *o* bledran ddylwn i ddeud; peipan sydd â'i phen arall yn sownd wrth bledran artiffishal wrth ochor y gwely; un blastig, a honno'n foliog o bî-pî ych-a-fi melyn. Ond Llanrwsutrwsut, heb unrhyw amheuath, ydi pencampwr y peipia yn Si Bêi oherwydd ma gynno fo un arall eto, un sy'n diflannu i'w drwyn ac i lawr i'w stumog. Dwi'n casglu mai trwy honno mae o'n câl ei fwyd! A dyna pam y 'NIL BY MOUTH' uwchben ei wely!

Aclwy maw! Dwi newydd feddwl rhwbath! Nùl-bai-mowth ydw inna, hefyd, erbyn rŵan! Ydi hynny'n golygu...? Mi fasa'n well gen i gamra-i-lawr – camra-i-fyny hyd yn oed! – na châl rhwbath felna wedi'i stwffio'n barhaol i lawr fy nghorn gwddw i.

Mi ddôth cinio, wedyn, i dorri ar fy nychymyg, a rhag gorfod gwatsiad Moses yn sglaffio'i fwyd, mi rois gynnig arall ar yr îsi croswyrd a'r swdocw. Dydi Llanrwsutrwsut ddim fel 'tai o'n meindio gwrando ar ddannadd gosod y gwnidog yn enjoio'r salad. Decinî fod peipan mewn corn gwddw yn ddigon i ladd archwaeth unrhyw un.

Ganol pnawn, mi gafodd y gwnidog fusutors go swnllyd a Swnami-drws-nesa fusutors oedd yn deud dim, dim ond ista ac edrach ar ei gilydd yn drist. Ma'n amlwg mai cradur go ddi-sgwrs ydi Si Ffaif, hyd yn oed efo'i deulu. A heno, eto, ma na rywun wrth wely pawb ond f'un i. Nid mod i wedi disgwyl neb, cofiwch. Ddim hyd yn oed Guto Ritsh. Wedi'r cwbwl, ma Llanlleidiog yn gythral o bell i neb ddod yn unswydd i edrach amdana i. Ac eniwei, fel pob hen lanc, dwi wedi arfar â bod fy hun.

Ma gwely Llanrwsutrwsut, ar y llaw arall, o'r golwg tu ôl i fôr o'i berthnasa; yn frodyr a chwiorydd, yn gefndryd a chneitherod a chyfyrdyr a phob math o yng-nghyfraths, ac un babi'n sgrechian. A deud y gwir, ma gynno fo fwy o fusutyrs na ma Lleidiog Celts yn gâl o syportars ar bnawn Sadwrn. Ond ma Nyrs Las Tywyll flin newydd fod yn deud wrthyn nhw mai dim ond dau fusutyr geith fod wrth bob gwely. Cyndyn ar y diawl ydyn nhw i adal, serch hynny, a maen nhw'n ffraeo ymysg ei gilydd rŵan ynglŷn â phwy sydd â fwya o hawl i aros. Fedra i ddim peidio â meddwl mor lwcus ydi Rwsutrwsut o gael cymint o'i deulu i boeni amdano fo. Ac i feddwl ei fod o wedi cyfeirio atyn nhw'n gynharach fel *scrownjars*! 'Rhag ei gwilydd o am fod mor anniolchgar!' medda fi wrtha fy hun.

'Dach chi'n well?'

Dwi di troi nghefn ar bawb erbyn rŵan ac yn trio anwybyddu'r parablu diddiwadd sy'n mynd ymlaen o nghwmpas i.

'...Âr iw betyr?'

Siarad efo fi mae o?

'...Ffîling betyr, ai hôp?'

Tipyn o sioc ydi gweld rhywun hollol ddiarth mewn du – sics ffwt o leia! – yn hofran uwch fy mhen i fel Cysgod Anga, neu ddrws Ten Downing Strît.

'Argol ydw! Yn well o lawar, diolch,' medda fi'n bendant, rhag ofn mai yndyrtecyr ydi ynta, a'i fod o'n chwilio am fusnas.

'O, Cymro dach chi! Da iawn. Gweld nad oes gynnoch chi fusutyrs, felly mi ddois i draw am sgwrs.'

Cyn pen chwinciad chwannan mae o wedi egluro pwy ydi o. Mab yr hen gradur oedd yn disgwyl i Tshyrtshil a'r brenin alw heibio, bora ma.

'Ma nhad yn nainti-tŵ, wyddoch chi!' medda fo, fel 'tai o'n disgrifio rhyfeddod neu wyrth.

'Tewch, da chi!' me finna, yn gwbod hynny'n barod ond yn smalio syndod.

'Ydi o wedi sôn am y rhyfal wrtha chi?'

'Pa ryfal, 'lly?'

'Rhyfal Hitlyr. Ma'r hen gradur yn ffwndro'n ddiweddar, ma gen i ofn.'

'*Pwy? Hitlyr?*' Dyna dwi *isho*'i ofyn, ond yn cael gras o rwla i fygu'r doniolwch. 'Bechod! Be sy? Dychmygu ei fod o'n soldiwr mae o, ia?'

'*Dychmygu*, ddeudsoch chi? Bobol bach, nage! Ma nhad

wedi gweld mwy na'i shâr o betha ofnadwy, ichi gâl dallt. Roedd o yn North Affrica yn naintîn-fforti-wàn efo'r Desyrt Rats, yr Êit-th-armi, mewn llefydd fel Tobrwc ac El Alamein. Sbïwch ar hwn!' Mae o'n mynd i'w bocad yn orchestol ac yn estyn llun imi; llun wedi hen felynu. 'Nhad ydi hwn'na ar y dde.'

Faswn i byth bythoedd wedi nabod ei dad o ond dwi'n nabod y llall ar y chwith yn syth. Nabod y boi bach yn y câci a'r beret du! 'Jenyral Montgomyri!' medda fi, yn llawn rhyfeddod. 'Mi ddaru'ch tad gwarfod Monti?' Dwi'n methu celu fy nghynnwrf rŵan oherwydd ma Monti wedi bod yn dipyn o foi yn fy ngolwg i, erioed.

Efo gwên hunanfodlon a chryn dipyn o sgôp mae o'n troi'r llun drosodd, imi gâl darllan be sydd wedi'i sgwennu ar y cefn. *With regards to my old friend Jack Watkins. One of the bravest men I've ever known.* Ac wedi ei seinio gan neb llai na *Field Marshal Bernard Montgomery!*

Aclwy maw! Ac i feddwl fy mod i, o bawb, wedi bod yn cymryd yr hen Si Ffôr yn ysgafn bora ma!

'...Mi âth nhad drosodd wedyn i Susuli ac ymlaen i Monte Casino, lle cafodd o shrapnal trwy'i glun ac mi fu'n rhaid ampiwtêtio'i goes o yn y ffîld hospitol yn fan'no. Feddyliodd neb y basa fo'n dod trwyddi, ond mi ddôth. Ac ar ôl y rhyfal mi gafodd fynd i Bycinam Palas i dderbyn y Mulutari-cròs gan Cing Jôrj ac mi gafodd ysgwyd llaw efo'r Prei-munustyr ei hun.'

Dwi'n clŵad fy hun yn mynd yn oer drostaf ac yn euog i gyd. 'Nid...nid Winstyn Tshyrtshil, rioed?'

'Ia, neb llai! Ond wyddoch chi be sy'n drist?'

'Be, 'lly?'

'Ma'r hen gradur yn y gwely gyferbyn â fo wedi gweld petha mawr hefyd, wchi. Roedd *o*'n Fêjyr yn yr armi! Mêjyr Charles Edward Morton. Ac mi gafodd o ei ddal gan y Japanîs yn Byrma…Dach chi wedi clywad am y Brij Ôfyr ddy Rufyr Cwâi ma'n shŵr?'

'Argol do!' me fi. 'Cythral o ffulm dda. Alec Ginis a Jac Hôcins.'

'Wel, roedd y Mêjyr yn un o'r British prusunyrs ddaru fuldio honno. Petai o a nhad o gwmpas eu petha heddiw, meddyliwch mor ddifyr fasa câl gwrando arnyn nhw'n hel atgofion!'

Dwi'n sbio arno fo'n geg-agorad, neu'n gegrwth fel y basa Nain a Wili Welsh yn ddeud. Mulutari-cròs! . . . Mêjyr! . . . Elalamein! . . . Monticasino . . . Brij-ôfyr-ddy-rufyr-cwâi ! A finna wedi bod yn cymryd y pùs o'r ddau, tan rŵan! Aclwy maw! Chysga i ddim heno, yn reit siŵr!

Bore'r Trydydd Dydd

Chewch chi unlla gwell na sbyty i ddod i nabod pobol. Lle da i ddod i nabod eich hun, hefyd, o ran hynny.

Fe ddôth y bôi-papur a'i droli eto bora ma. 'Dail y Post, os gwelwch yn dda,' medda fi, yn ei Gymraeg *o* y tro yma, rhag rhoi cyfla i'r crinc fod yn glyfar eto heddiw. 'Postyn Lerpwl ti'n feddwl, ma'n siŵr,' medda'r mwnci uffar yn ôl! Ond mi geith ddiawl o ail, bora fory, pan glywith o fi'n gofyn am *Yr Haul* neu'r *Drych Dyddiol*. Neu, yn well fyth, *Gwarchodwr Manceinion*! Mi roith hynny sbôc yn ei olwyn o! Ac fe ga inna gyfla i ddarllan am gampa rhywun heblaw Efyrtyn a Lufyrpwl.

Rhaid imi gyfadda un peth, a dyma'r lle i neud hynny, am wn i – dwi'n anobeithiol am gofio enwa pobol. Wedi bod erioed, a deud y gwir. Heblaw am enwa pobol-di-marw, wrth gwrs. Dwi'n gallu cofio rheini'n weddol ddidraffarth; hynny ydi, y rhai dwi'n gneud eirch iddyn nhw! Pan ddeudis i beth felly wrth Guto Ritsh, rywdro, wyddoch chi be ddeudodd hwnnw? 'Wyt ma'n siŵr,' medda fo. 'Ceffyl da ydi wyllys!' Cystal ag awgrymu mod i'n gallu cofio'n iawn ond imi gâl fy nhalu am neud hynny. Ond dyna fo, ma pawb yn gwbod mai hen sinach fel'na fuodd Guto Ritsh erioed.

Eniwêi, os ydw i'n câl problem cofio enwa pobol, fydda i byth yn câl traffarth cofio o ble maen nhw'n dŵad. Hynny'n rhyfadd, dach chi'm yn meddwl? Dwi'n gwbod, er enghraifft, mai Llangaffo a Llanrug ydi'r nyrsys sy'n gofalu am Si Ffôr, Si Ffaif a finna, ac mai Llanfairpwll a Llanfairfechan sy'n edrach ar ôl y tri gyferbyn â ni. Seusnas ronc ydi Llanfairpwll, gyda llaw, a ma hi dipyn hŷn na'r lleill ac yn llawar parotach ei gwg na'i gwên. Mewn geiria erill, rêl hen bitsh drwynsur! Neu felly ro'n i wedi tybio, beth bynnag … tan bora ma.

Ers neithiwr, rydw inna hefyd yn sownd wrth beipan – y teip sy'n hongian o bledran ar bolyn symudol. Rhain ydi'r ffasiwn yn Si Bêi, yn amlwg. Sa chi'n gofyn i mi, maen nhw mor boblogaidd yma ag oedd dillad Lôra Ashli yng Nghymru stalwm, neu datŵ o Tom Jôns ar benola Merched y Wawr. Welsoch chi lun, rywdro – mewn comics, falla – o garcharor efo tshaen drwchus am ei ffêr a chythral o belan fawr drom yn sownd wrthi? Wel, rhwbath yn debyg ydi'r contrapshyn sy'n rhan ohona inna hefyd, bellach, ond bod gen i olwynion i neud petha'n haws. Ond dydi hi ddim yn jôc, cofiwch, gorfod llusgo'r wŷrcs i gyd efo fi i bob man. Hyd yn oed i'r hòws!

Meddyliwch y draffarth yn fanno, efo rhwbath fel'na'n sownd ynoch chi!

Gyda llaw! Dwi'n dal i fod yn Nùl-bai-mowth. A jyst â llwgu hefyd erbyn rŵan, ichi gâl dallt!

Ond dyma o'n i isho'i ddeud! Ers ben bora heddiw, ma Llanfairpwll a finna'n dipyn o fêts. Pam? Wel, rywbryd yn ystod y nos, wrth imi droi a throsi, mi ddôth y nodwydd a'r beipan – a'r polyn hefyd, felly – yn rhydd o mraich i, a bora ma mi gafodd y stiwdant doctor o Sowth Wêls gythral o draffarth dod o hyd i wythïan i'w sticio hi'n ôl i mewn. Mi fuodd o'n jabio fan hyn a fan draw am hydoedd, nes bod fy nwy fraich i'n waed yr ael ac yn edrach fel llawr lladd-dy. Yn y diwadd mi ofynnodd i Llanfairpwll, o bawb, am help. Meddyliwch! Doctor yn gofyn i nyrs neud gwaith trici fel'na drosto fo! Ond mi nâth hi'r job mewn cachiad. 'There you go, sweetie!' medda hi, a gwenu'n annwyl ac yn annisgwyl arna i. 'You should be fine now.' Ac er mai'r tri gyferbyn – Llanrwsutrwsut a Moses a'r Mêjyr – ydi'i chyfrifoldab hi, eto i gyd dydi hi ddim yn brin o wenu arna inna hefyd, rŵan, bob tro ma hi'n pasho heibio. Dwi'n rhyw ama weithia'i bod hi wedi dallt mai hen lanc ydw i a'i bod hi wedi cymryd ffansi ata i. Welis i ddim modrwy brodas ar ei bys hi, beth bynnag!

Eniwêi, fel ro'n i'n deud gynna, chewch chi unlla gwell na sbyty i ddŵad i nabod pobol ac yn enwedig i nabod eich hun. Dyna pam dwi'n cyfadda rŵan imi fod braidd yn rhagfarnllyd o Llanfairpwll.

Ganol bora, mi alwodd y pen dyn heibio eto, efo'i griw bach i'w ganlyn. I gyd yn sefyll yn dwr bach distaw, fel rhyw sîcret sosaieti, wrth droed y gwely tra'i fod o'n câl cip ar y ffeil roedd

Nyrs Las Tywyll wedi ei hestyn iddo. Mi allwn i weld y cwmwl yn dod dros ei wynab o. 'I want this MRI sorted out today!' medda fo'n shòrt wrth ei secynd-in-cománd; hwnnw mewn crys pinc heddiw. 'He should have had it done yesterday, for God's sake!' medda fo wedyn, yn fwy blin fyth. 'This is wasting everybody's time!' Ond ro'n i'n casglu mai rhywun arall, pell-i-ffwr, oedd yn ei châl hi gynno fo.

Finna'n meddwl: 'Ma gynno fo Susnag da, er gwaetha'i acen od. Rhaid bod na athrawon ffŷrst clàs allan yn y Congo na. Cenhadon, mwy na thebyg!

'... And I want more blood tests. See to it now!'

Ar y ddau stiwdant roedd o'n sbio rŵan a finna'n gweddïo, o gofio fy mhrofiad chwerw'n gynharach, 'O Dduw, gad i'r Sgowsar, nid y bwtshar, gâl y job!'

Rhaid bod y dyn mawr wedi nghlywad i'n mwmblan fy ngweddi a chamgymryd fy mhrydar i am rwbath arall yn llwyr. 'Dim i poeni amdan, gobeithiaf,' medda fo efo gwên-llawn-dannadd; gwên i dawelu nerfa pobol ofnus fel fi. 'Dof lan i gweld ti eto, cyn ifi nosweithio. Hwyl a fflagiau, am y tro, ynte! A bydd yn gwych!'

Fe ges fy synnu cymint o'i glywad o'n siarad Cymraeg fel na feddylis i am walla treiglo a phetha felly, ac roedd o wedi mynd cyn i mi gâl cyfla i ddeud 'Ta ta' yn iawn. 'Ew! Rhaid bod cenhadon Cymraeg y Congo yn gneud uffar o job dda,' medda fi wrtha fy hun. Ac mi ddeudis yr un peth wrth yr Hwntw – ia, fo! – pan ddôth hwnnw'n ôl ymhen deng munud i hawlio mwy fyth o waed gen i.

'Africa?' medda fo, a sbio'n ddi-ddallt arna i. 'Congo?' medda fo wedyn, fel 'tai o rioed wedi câl gwers jograffi yn ei ddydd. 'Doctor Mendioti is from Cardiff,' medda fo. 'Kêdiff born and bred,' medda fo wedyn, a gwenu'n wirion fel 'tai o newydd ddeud rhwbath clyfar.

O'n, ro'n i'n teimlo'n rêl llo, fel y medrwch chi ddychmygu.

'…Kêdiff South Wales!' medda fo eto, yn benderfynol o rwbio fy nhrwyn i yn y llwyth o embaras oedd yno'n barod. 'Don't you recognize the accent? Bryn-taf, actually.'

'Bryn-taf?' Bu ond y dim imi ofyn a oedd o rwbath i neud â Bryn Terfal.

'Welsh school. You've heard of it, of course?'

'Ofcôrs!' me finna a diolch mod i wedi câl gras i frathu nhafod am unwaith.

'I, myself, went to Ridvelen, of course, being a Merthyr lad, like.'

'Ofcôrs,' me fi eto, ond wrth ei gefn y tro yma, oherwydd roedd o wedi troi i ngadal i. Bu bron imi weiddi ar ei ôl o: 'Ai went tw Ysgol Sentral in Llanlleidiog,' ond o gofio mai hwntw ydi o, fasa fo fawr callach, ma'n siŵr.

Yn fuan wedyn, ac yn wan o golli rhagor o waed, mi fues i'n achos damwain fach ar y coridor. A deud y gwir, ro'n i'n despret i fynd i'r hòws ar y pryd ac, er gwaetha'r beipan yn fy mraich a'r polyn olwynog sydd rŵan yn gorfod dod efo fi i bob man, dyma ruthro allan o Si Bêi ar fy hyll, jest fel roedd Moses yn dod yn ôl i mewn efo'i feddwl ymhell a'i bidlan yn sbecian trwy falog ei byjamas. Mi fedrodd *o* stopio mewn pryd, ond nid fi! Roedd y crash yn annochel ac fe fu bron i mholyn olwynog i daro'i bolyn olwynog o ar wastad ei gefn i'r coridor. *Mwya'r brys mwya'r rhwystr!* Dyna fasa Nain wedi'i ddeud, tasa'r hen dlawd yn dal efo ni. Ond, a deud y gwir wrthach chi, wnes i ddim meddwl llawar o'r peth ar y pryd, dim ond mwmblan ymddiheuriad bach fel ma rhywun yn neud mewn sefyllfa o'r fath. Ond fe gynhyrfodd yr hen Foses yn lân ac oni bai mod i'n gwbod mai gwnidog yr Efengyl ydi o, mi faswn i'n taeru'r du yn wyn ei fod o wedi deud rhwbath go hyll o dan ei wynt; rhwbath na ddarllenodd o rioed yn y Gwynfyda nac yn llythyra Paul, beth bynnag am Lyfr Jeremeia. 'Cymrwch ofal, ddyn!' medda fo wedyn, a'i lygid yn tanbeidio. 'Nid fama ydi'r lle i spîdio!'

Doedd o ddim wedi cwarfod Cochyn y portar, yn amlwg!

Sut bynnag, ar ôl bod yn gneud fy musnas, mi es draw at ei wely fo i ymddiheuro'n iawn ac mi âth yn sgwrs reit glên rhyngon ni wedyn … am sbel, o leia.

'Pa enwad?'

Oedd, roedd y cwestiwn yn siŵr o godi'i ben yn hwyr neu'n hwyrach, ma'n debyg, ac o ngweld i'n gyndyn i atab, fe gynigiodd 'Methodus?' yn obeithiol. Yna 'Annibynnwr?' Ac yna 'Nid Wesla na Bedyddiwr, gobeithio?'

'Nace,' me finna, sy rioed wedi bod yn gapelwr o fri, nac o argyhoeddiad chwaith 'tai'n dod i hynny, ac eithrio yn rhinwadd fy swydd fel yndyrtêcyr. Er, mi fyddwn i, cofiwch, yn eitha selog am sleifio i mewn i fand-o-hôp Capal Gilgal bob Dolig, stalwm, pan o'n i'n fach, pan oeddan nhw'n câl te parti ac yn rhannu presanta i'r plant i gyd.

'Nid Eglwyswr, siawns?'

Dwi'n siŵr imi glywad dirmyg yn ei lais o, rŵan. Ysgwyd pen wnes i, eto.

'Nid … nid …' Oedd, roedd o'n swnio fel ta gynno fo ofn deud y gair nesa'n uchal! 'Nid … Catholic rioed?'

Mi chwerthis dros lle, er mwyn iddo fo a fi allu teimlo'n well. 'Nage.'

'I Dduw y bo'r diolch!' medda fo, a gneud arwydd y groes ar ei dalcan. Ond roedd ei gwestiwn nesa yn ddistawach eto, ac efo mwy fyth o sŵn ofn y tro yma, 'Jehôfa-wutnes?'

Mi chwerthis rŵan yn reit siŵr ac yna câl brên-wêf wrth gofio am Gwil Chwthu Corn yn Ysgol Sentral, slawar dydd. Gwil oedd yr unig un yn yr Haiyr Grêd, yn f'amsar i, i berthyn i'r...

'Salfêshyn Armi!' me fi'n betrus a heb fath o glèm sut y bydda fo'n derbyn y peth. Ond dewis penigamp fel y digwyddodd hi!

'Gwych iawn, frawd!' medda fo, a chaniatáu i wên arall-fydol ledu dros ei wynab, yn union fel y gnâth y Moses-go-iawn, decinî, pan gafodd o gip o bell ar Wlad yr Addewid yn llifeirio o laeth a mêl. 'Fel ni'r Presbuteriaid, mae Byddin yr Iachawdwriaeth hefyd yn gwneud gwaith ardderchog dros yr Arglwydd ar y Ddaear.'

Am eiliad, mi fedris ddychmygu fy hun yn cerddad – os nad yn hedfan – trwy byrth Paradwys yn ei sgil o, ond chafodd y darlun hwnnw ddim para'n hir gen i. 'Paid â themtio Ffawd, wir Dduw!' me fi wrtha fy hun, wrth i *ffaiyring-lain* Llanrwsutrwsut ddod yn ôl i gof.

'A be di'ch barn chi am wleidyddion, gyfaill?'

'Ym...' Doedd hwn, mwy na'r llall, ddim yn gwestiwn hawdd i'w atab.

'Polutishans dwi'n feddwl,' medda fo wedyn, fel 'tai o wedi llyncu thesawrws.

'Wel, maen nhw'n gneud job reit dda ohoni, am wn i...'

Mi welis i'n syth, o'r fflach fygythiol yn neidio i'w lygad, mod i wedi atab yn llawar rhy fyrbwyll. Dim amdani felly ond dewis llwybyr cachgi a dechra bactracio'n gyfaddawdol:

'Wrth gwrs,' medda fi wedyn, 'fedra i ddim cytuno gant y cant efo rhai petha maen nhw'n neud.'

'Lladron a thwyllwyr ydi'r ffernols i gyd!'

Fedrwch chi gredu ei fod o wedi codi'i lais yn bregethwrol, nes bod pawb yn Si Bêi yn cymryd sylw?

'Y blydi lot ohonyn nhw! Bastads diegwyddor ydi pob un o'r ffycars!'

Go brin bod rhaid deud, ma'n siŵr gen i, mod i wedi câl cythral o sioc. Meddyliwch! Gwnidog yr Efengyl yn gweiddi ac yn rhegi fel'na! Yn rhegi mwy na gŵr y Cwîn hyd yn oed! Er, ma'n siŵr mai fel hyn roedd y Moses-go-iawn yn mynd trwy'i betha hefyd ar ôl stryglo i lawr o Fynydd Seinai efo'r lympia cerrig o dan ei fraich a gweld llo aur yn aros amdano.

'Ym…Ia, falla'ch bod chi'n…' A bod yn onast, ro'n i'n teimlo fel tawn i wedi câl fy nal ar fy nglinia o flaen y llo.

'Gehena! Dyna ydi'r wlad ma mwyach…diolch i'r effin polutishans…'

Ar fy ngwir ichi! Dyna ddeudodd o! Ond mod i wedi newid mymryn ar y gair, i neud iddo fo swnio'n fwy parchus.

Sut bynnag, fel y gellwch chi ddychmygu, wyddwn i ddim lle i sbïo na lle i droi. Do'n i rioed wedi clywad 'run gwnidog yn Llanlleidiog yn deud 'Argol' na 'Iesgob!' hyd yn oed, heb sôn am 'effin' a 'basdad'!

Chwerthin a wnâi Llanrwsutrwsut, wrth gwrs, tra bod y Mêjyr yn sbio draw, fel 'tai'r storm Gymraeg yn ddim byd i neud efo fo. Ond os mai dal i orwadd efo'i lygid ynghau a wnâi'r Swnami, roedd Mêt Monti, ar y llaw arall, yn llygid ac yn glustia i gyd wrth i Jiwbilî Iyng Si Bêi fynd trwy'i betha.

'...yn llawn meddwon a hwrod a drỳgis a...a bancars...a...a...cownslars...ac em-pîs...a...a...ac aeloda Cynulliad...'

Roedd yr hen fôi yn dechra crafu am dargeda erbyn rŵan.

'...a ffrî-mêsyns...a homos a lesbians. Mae Sodom a Gomora o'n cwmpas ni ym mhobman, gyfaill, diolch i'r Musus Thatshyr bechadurus na a...a'r Tôni Blêr annuwiol...a...a...'

'Tshyrtshil.'

O'r Nefoedd! Oedd raid i Rwsutrwsut roi'i big i mewn? Ac oedd raid i Moses, yn ei wely-bulpud, glywad be ddeudodd o?

'Ia! Hwnnw hefyd, gyfaill! Winstyn Tshyrtshil! Satan oedd y dyn hwnnw'n ogystal, ac Uffern ydi'i le fo heddiw!'

Doedd dim isho proffwyd i weld be oedd yn dŵad nesa.

'Be ddeudist ti am y prei-munustyr...'

Oedd, roedd gwrychyn Mêt Monti wedi codi ac roedd o'n sbio dagyrs ar Moses! Ac er na alla fo symud o'i wely, diolch i'r goes a adawyd ar ôl yn Monte Casino slawar dydd, doedd hynny ddim yn rhwystyr iddo fo godi llais crynedig a chodi dwrn yr un mor grynedig ar wnidog yr Efengyl.

'...y cachwr a'r conshi bach?'

Ro'n i'n reit falch mai dim ond un goes oedd gynno fo, a deud y gwir, neu fasa'n ddim ganddo fo neidio o'i wely a gwagio'i bledran bî-pî blastig am ben y pregethwr. A go brin y basa hwnnw'n gwerthfawrogi cael ei ailfedyddio yn y fath fodd!

Dal i chwerthin a wnâi Llanrwsutrwsut! Ond fel roedd petha'n bygwth mynd yn hyllach eto, fe gyrhaeddodd nyrsys y troli 'Te-neu-goffi?-*Tî-or-coffi?*' ac fe ddaeth heddwch i Si Bêi yn syth bin.

Er, cofiwch, dwi'm yn meddwl bod y ddwy yma *yn* nyrsys-go-iawn, chwaith. Ddim yn nyrsys ffwli-fflejd dwi'n feddwl.

'Sori, cariad!' medda'r dewa o'r ddwy, efo gwên fach annwyl, gan lygadu'r 'NIL BY MOUTH' uwchben fy ngwely, 'ond chewch chi ddim panad ma gen i ofn.'

'Peidiwch â phoeni, del,' me finna'n ôl. Ac mi *roedd* hi'n rowlan fach ddel hefyd. Ffaif ffwt union, efo gwynab clws a gwengar. 'Un o lle 'da *chi*, 'lly?'

'Llangristiolus.'

'Tewch!' Do'n i'm callach, wrth gwrs. Rwla yn Sir Fôn, siŵr o fod! Pob math o enwa hir a gwirion yn fan'no, er mwyn i fusutyrs a Seuson gâl hwyl wrth drio'u deud nhw, am wn i. 'Un o lle di'ch ffrind, ta?'

'Llanfair Mathafarn Eithaf, cofiwch!'

Aclwy maw! 'Tewch da chi!' Ond er imi wenu arni hitha hefyd, chymerodd Llanfair Màth-rhwbath-neu'i-gilydd fawr o sylw ohono' i. 'Llangristiolus yn dipyn cleniach!' medda fi wrtha fy hun, a gwenu eto ar honno.

'Llanfair Mathafarn Eithaf?' medda Moses, yn glustia i gyd fel arfer, gan edrach ar y lleia gwengar o'r ddwy. 'Mi fyddwch chi'n adnabod Goronwy Owen, felly?'

'Pwy?' medda honno.

Finna'n meddwl, 'Os ydi'r lle Llanfair Màth-rhwbath-neu'i-gilydd ma hannar cymint â'i enw, yna mae o'n uffar o le mawr, felly sut ma disgwyl i'r hogan nabod pawb sy'n byw yno?'

Ond roedd Moses ar gefn ei geffyl erbyn rŵan ac yn siarad fel Beibil. 'Atolwg fy merch!' medda fo. 'Dichon bod Goronwy o Fôn yn adnabyddus i bob meidrolyn diwylliedig…'

Wrth wrando arno, ro'n i'n câl f'atgoffa am y Cacynnan hwnnw oedd yn top man yn Steddfod, slawar dydd. Mi wyddoch chi pwy dwi'n feddwl! Hwnnw nâth i blant bach Cymru i gyd ganu efo telyn am ryw *nico annwyl* yn mynd ar negas i rwla neu'i gilydd yng *Nghymru lân*.

'...*Henffych well, Fôn, dirion dir!*' medda Moses rŵan, mewn llais pulpud, ac ro'n i'n hannar disgwyl i Rwsutrwsut ddeud wrth y diawl gwirion am gau'i geg, ond yn lle hynny dyma hwnnw hefyd yn troi'n fardd mwya sydyn a chodi'i lais yn orchestol...

'*Hyfrydwch pob rhyw frodir.*'

Ac fel 'tai hynny chwaith ddim yn ddigon, mi âth ymlaen i ddangos ei hun.

'*Pwy a rif dywod Llifon?*' medda fo, mewn llais ocshwnïar.

'*Pwy rydd i lawr wŷr mawr Môn?*'

Ia, Llanrwsutrwsut o bawb! Fedrwn i ddim credu'r peth.

Dyma fi'n sbio ar Llanfair Math-rhwbath-neu'i-gilydd, i awgrymu mai'r peth gora fasa iddi anwybyddu'r ddau hurt; ond yn lle hynny, dyma hitha hefyd yn dechra arni, fel 'tai'r peth yn glwy...

'*Goludog, ac ail Eden,*

Dy sut, neu baradwys hen:

Gwiwddestl y'th gynysgaeddwyd,

Hoffter Duw Nêr a dyn wyd.'

'Aclwy maw!' me fi wrtha fy hun. 'Fel hyn oedd hi yn ystod y Diwygiad ma'n siŵr.' Os nad o'n i'n gwbod cynt ro'n i'n gwbod, rŵan, fod pobol Sir Fôn i gyd yn od.

'Dwi'n gwbod pwy sgynnoch chi, rŵan, wrth gwrs,' medda Llanfair Math efo gwên-dallt-pob-dim. 'Goronwy Ddu o Fôn!...Dwi'n byw yn ymyl ei hen gartra fo, wyddoch chi?'

'Tewch â deud!' medda Moses.

Sôn am fod yn impresd!

'... Wel pwy fasa'n meddwl onide?' medda fo wedyn. 'Pan welwch ef dywedwch wrtho fod Cornfardd Eryri, un o feirdd y Dwbwl, yn cofio ato. Wrth fy enw barddol yr adwaen pawb fi, wrth gwrs, a bydd Goronwy o Fôn yn siŵr o fod yn gyfarwydd â'm hawdl fuddugol, Awdl y Dwbwl.'

Am eiliad, ma Llanfair Màth yn sbio'n hurt arno fo ac yna'n dod ati'i hun. 'Mae Goronwy Ddu o Fôn wedi marw ers oes pys,' medda hi. 'Rŵan, be gymrwch chi, te ta coffi?'

'Te gwan, os gwelwch yn dda,' medda'r Parch, yn ei lais addfwynaf, 'a hanner llwyaid o siwgwr yn ei lygad o, os byddwch chi mor garedig, fy merch i.' Yna, 'Wel wir! Pwy fasa'n meddwl, onidê? Goronwy o Fôn hefyd wedi'n gadael ni! Fel 'tai colli'r Morusiaid ddim wedi bod yn ddigon.'

O weld ei wên a'i serennedd, anodd credu y byddai menyn yn toddi yn ei geg o, byth, heb sôn am *effin* a *basdad* yn llithro dros ei wefus.

'Tea. No milk or sugar, thank you,' medda'r Mêjyr, hefyd yn dawal ac yn jentlman i gyd.

'Coffi cry efo pedair llwyeidiad dda o siwgwr coch Demyrâra!'

Am ei fod o'n dal i gorddi a heb eto lyncu'i ful yn iawn, roedd y sŵn cyfarth i'w glywad o hyd yn llais Mêt Monti. A bod yn onast, dwi'm yn meddwl bod yr hen fôi yn licio coffi o gwbwl, heb sôn am fod isho pedar llwyaid o shwgwr 'yn ei lygad o'. Ffordd o gâl goruchafiaeth ar ei arch-elyn oedd hi, dwi'n ama, trwy awgrymu fod dynion-go-iawn fel Tshyrtshil a Monti a fynta yn yfad rhwbath amgenach na phiso-dryw gweinidogion. Ond ei siomi gafodd o!

'Sori, del! Cânt dŵ!' medda Llanfair Màth-rhwbath-neu'i-gilydd yn glên i gyd, ond heb drio swnio'n ymddiheurol, serch hynny. 'Dach chi'n daiabetic yn tydach, cariad? Mi wna i goffi gwan ichi, heb siwgwr, os liciwch chi.'

'Te ta coffi, Mr Morris?'

Unig atab Si Ffaif oedd gneud sŵn swnami, eto fyth, ac yna fe âth Llangristiolus a'i chyd-angyles ymlaen i gynnig yr un gymwynas i drigolion Di Bêi, drws nesa, ac mi es inna i orwadd ar fy ngwely, i gâl hepan.

Cysgu'n drymach nag o'n i wedi'i fwriadu, a deud y gwir. A breuddwydio mod i'n câl ras efo Styrling Mòs, y ddau ohonon ni efo'i bolyn olwynog a'i beipan a'i bledran ddŵr. Fi ar y blaen ar y lap ola ac yn gweld Bryn-taf yn chwifio'r tshecyrd fflag ym mhen draw'r coridor ac yn bloeddio canu 'Neswm Dorma'. Y fuddugoliaeth yn nesáu a'r botal fawr shampên yn aros i gael ei hysgwyd dros ben pawb. Ac yna'r ddamwain! Polyn Fferâri Styrling wedi taro yn erbyn fy mholyn Maclaren i! Neu dyna feddylis i gynta. Ond yna'r siom hunllefus o weld y Styrling gwalltgoch yn croesi'r llinall yn y pelltar a rhywun yn sodro rîth fawr o ddeiliach gwyrdd am ei wddw fo! 'Y basdad gwirion! Dy effin bai di!' Oes raid deud pwy oedd yn gorwadd yn gyhuddol ar y trac o mlaen i, efo'i bolyn olwynog wedi'i stumio i gyd a'i wallt Tsharltyn-hestonaidd yn wlyb-doman-dail efo pî-pî Mêt Monti? ...

'Wiliam Jôns Si Sics? Chdi barod, ta be?'

Ro'n i mor falch o gâl fy neffro o'r hunlla! Nes gweld pwy oedd yn sefyll wrth draed y gwely efo'i gadar-olwyn Fformiwla Wàn yn refio. Cochyn ei hun! Mi allwn i weld y brychni haul o gwmpas ei ffroena fo'n twitshan fel wisgars teigar.

'Aclwy maw!' me fi. 'Siawns bod na bortar callach na hwn ar gâl?'

Welwch chi fai arna i'n teimlo fel oen bach ar gychwyn i'r lladdfa, neu Gristion hannar noeth o flaen llewod llwglyd y Colusïym, slawar dydd?

'Sgyn fi ddim trw dydd,' medda fo, yn fwy diamynadd fyth, gan daflu llygad ar y wats Mici Mows ar ei fraich.

Doedd o ddim wedi sylwi eto mod i'n sownd wrth beipan a phledran ddŵr a pholyn ac, am eiliad, mi feddylis y byddai'n rhaid imi fynd â'r wŷrcs i gyd efo fi. Ro'n i'n dychmygu sbarcs yn codi o olwynion bach y polyn wrth i'r cochyn osod y pês. Ond mi welodd hwnnw'r broblem mewn da bryd, diolch i Dduw, ac mi alwodd ar Llanrug i nhynnu fi'n rhydd oddi wrth y beipan a'r nodwydd. Do'n i ddim yn hapus o gwbwl iddi neud hynny, cofiwch, o feddwl mai Bwtshar Rhydfelen, falla, a gâi'r job o roi'r system yn ôl efo'i gilydd wedyn.

'Chdi cydiad yn hwn!' medda Cochyn, a sodro ffurflen ar fy nglin.

Ro'n i isho'i gywiro fo – '*Hon* nid *hwn* ydi ffurflen!' – ond be oedd y pwynt? Fydda fo fawr callach, ma'n siŵr.

Ma'n gwestiwn gen i – diolch i Cochyn a'i draed cyflym – a gafodd yr un doctor na nyrs gyfla i ngweld i'n gadael y ward o gwbwl, nac yn anelu wedyn am y lufft.

'Drysau'n cau…*Doors closing*…Lufft yn mynd i lawr… *Lift going down.*'

Ro'n i isho gofyn i lle'r oedd o'n mynd â fi, ond yn dal 'nôl rhag ofn câl 'Camra-i-fyny' yn atab!

'Pa mor dal wyt ti?' me fi wrtho fo, er mwyn gneud rhyw fath o sgwrs. 'Sics ffwt tŵ? Sics ffwt tŵ-and-ê-hâff, falla?'

'Sut ti gwbod?' medda fo, yn amlwg yn impresd.

'Dyna fy job i,' me finna.

Ond ddaru o ddim cymryd at yr abwyd. Yn hytrach, mi ofynnodd ei gwestiwn ei hun: 'Lle ti'n dod o?'

Ro'n i'n clŵad Wili Welsh yn sgrechian yn fy nghlust i. *Cheith o ddim gorffan brawddeg efo arddodiad, siŵr Dduw!*

'O ble'n ti'n dod,' medda fi'n bwyllog, gan bwysleisio lleoliad cywir petha.

'I asked first!' medda fo'n bwdlyd yn ôl.

'Nage. Ti'n cam-ddallt,' me finna. 'Cywiro dy Gymraeg di o'n i.'

Bu hynny'n ddigon iddo fo bwdu go iawn a ches i ddim gair arall gynno fo nes i'r lufft ddod i ben ei daith.

'Drysau'n agor. *Doors opening…*'

Roedd canllath syth o goridor yn ein gwynebu ni rŵan ac mi allwn i synhwyro bod Cochyn, fel tarw ifanc, yn barod i fynd. A mynd nâth o! Dwn im ai gwir ai peidio, ond dwi wedi clywad bod yr Awdi Es Ffôr yn gallu gneud nôt-tw-sicsti-in-ffaif-secynds, a doedd dim rhaid bod yn broffwyd i wbod mai dyna freuddwyd Cochyn a'i gadar-olwyn hefyd.

'Dal d'afal!' me fi wrtha fy hun a gwasgu'r ffurflen yn fy nwrn rhag i'r drafft fynd â hi.

Cheith neb redag mewn lle fel'ma, wrth reswm, ond dydi hynny nac yma nac acw i rywun efo coesa hir a chama bras fel Cochyn. Doedd o'n deud dim wrth godi spîd ac ro'n i'n ama mod i wedi pechu'n anfaddeuol am awgrymu bod gynno fo broblem efo'i arddodiaid.

'Ti'n licio dy job?' medda fi, yn y gobaith o gymodi.

Atebodd o ddim yn syth.

'Wel?'

'Licio? *Isn't that what you do to ice cream and lollipops?*'

'Tŵ-shê!' me finna yn fy Ffrensh gora.

'Da ni'n dau yn chwerthin ac ma'r ias wedi'i thorri unwaith eto wrth i bawb ar y coridor neidio o'n ffordd ni, gan ama, synnwn i ddim, fy mod i'n imyrjensi cês go iawn a bod y gadar yn tyrbo-tshârjd. A deud y gwir wrtha chi, ro'n i'n ama hynny fy hun hefyd, ac yn poeni sut roedd y Lewis Hamilton gwalltgoch yn mynd i negoshiêtio'r gongol pan ddeua fo ati. Ar un olwyn, mwy na thebyg!

'Fasa'm yn well iti dynnu i mewn i'r pùt am betrol a newid tîars ne rwbath?' me fi fel rhyw jôc fach garedig i awgrymu y dyla fo dynnu'i droed oddi ar y throtl. Ond chymrodd o ddim yn ei glust, am ei fod o'n gwbod o'r gora, wrth gwrs, nad oes dim sbîd bymps na sbîd camras yn agos i'r lle.

Ymhen hir a hwyr, 'Dyma fo'r wêiting rŵm!' medda fo.

'Dyma *hi*'r wêiting rŵm!' me finna o dan fy ngwynt ac mewn Cymraeg gwell.

Ma Sbyty Penrhos yn honglad o le ac erbyn rŵan rydan ni wedi cyrradd rhyw gongol bell-o-bob-man; rhyw le *dinadman* chwedl Nain a Wili Welsh, estalwm.

Wrth roi ei droed ar y brêc fe sbiodd Cochyn ar ei wats Mici Mows a mwmblan 'Three minutes twenty nine seconds!' yn wyntog ond yn fodlon. 'Gweld chdi eto!' medda fo, a ngadal i yno yn y gadar, i aros fy nhỳrn am yr em-âr-ai!

'Na weli, gobeithio,' me finna. Ond rhy hwyr! Roedd o wedi mynd!

Roedd na ddau arall yn y ciw o mlaen i ac erbyn iddyn nhw, ac wedyn finna, gâl tynnu'n llunia – os ma dyna sy'n digwydd yn y twnnal cyfyng na – roedd hi'n nesu at bump o'r gloch a phawb yn paratoi i adal yr uned em-âr-ai. Fi, yn amlwg, oedd cwsmar ola'r dydd!

'Mi ddaw na bortar i'ch nôl chi mhen sbel, del,' medda'r ferch tu ôl i'r ddesg yn farddonol, tra'n brysio i wisgo'i chôt, i fynd adra.

'Diolch,' me finna a'i gwylio hi'n mynd.

Roedd pob man o nghwmpas i'n hollol ddistaw wedyn a fedrwn i ddim peidio â meddwl am y ffulm honno, estalwm, pan âth Gregori Pèc allan o'i sybmarîn i weld os oedd na rywun o gwbwl yn fyw yn y byd, ar ôl y niwcliar wôr.

Aeth deng munud di-gochyn heibio ac mi ddechreuis feddwl mai yno y byddwn i drwy'r nos, yn angof gan bawb. Ac mi ddechreuis hel meddylia hefyd, wrth gwrs, fel y basa unrhyw un call yn ei neud, o gâl ei adal mewn tawelwch ac unigrwydd fel'na. Be tasa rhywun yn diffodd y goleuada i gyd a ngadal i nid jest mewn tawelwch ac unigrwydd ond mewn twllwch hefyd? A be tasa rhyw seicopath neu wnidog lloerig yn cuddiad yn y cysgodion ac yn dŵad amdana i efo twca neu gleddyf-torri-pen? Be wnawn i wedyn? Pwy fydda'n fy nghlywad i'n gweiddi ac yn sgrechian mewn lle diarffordd fel hwn? Doedd Gregori Pèc ddim wedi gwbod ei eni!

'Ma'r blydi cochyn yn gneud hyn yn fwriadol,' me fi wrtha fy hun yn filan, 'i dalu 'nôl imi am feirniadu'i arddodiaid o. Tro nesa – os bydd tro nesa – mi geith y diawl glywad am bob un o'i ddiffygion erill hefyd. Ei ddiffyg treiglad trwynol yn un peth!'

Ond wrth i'r munuda lusgo heibio fe ddychwelodd ysbryd cyfaddawd. 'Rhaid imi beidio'i bledu fo efo gormod o Wili Welsh o hyn allan,' me fi wrtha fy hun, 'neu troi i Susnag neith o, ma'n siŵr, fel y gnâth o gynna. Gobeithio nad ydi o wedi digio go iawn efo fi.'

'Chdi barod, ia?'

Mi fu bron imi neidio allan o nghroen ac o nghadar. Do'n i ddim wedi'i glywad o'n dŵad. 'Portar ta seicopath?' me fi wrtha fy hun, gan ei lygadu fo'n ddrwgdybus. 'Portar yn ôl lliw ei grys ond seicopath yn ôl ei seis a'i lygid llonydd!'

Nid Cochyn oedd o, beth bynnag! Roedd hwn yn debycach o ran siâp i ryw Iogi-bêr pregnant ac mi allwn i'i ddychymygu fo'n byw yn fras – fo a'i fêt Bŵbŵ – ar gynnwys basgedi picnic Seuson a fusutyrs.

'Pa wôrd tisho mynd i?'

Aclwy maw! Hwn eto! Ond cau ceg oedd pia hi! Os na ches i lwyddiant efo Cochyn, doedd gen i ddim gobaith pluan eira yn Uffarn efo arddodiaid hwn. 'Glasddwr, plîs.'

Fel ei fêt o'i flaen, fe sbiodd ynta hefyd ar ei watsh – Rolecs o Hong Cong! – a mwmblan *'Ffaif ô sefn.'* Ond mi wyddwn i, jest o sbio arno fo, ei fod o'n byw mewn byd Alibaba os oedd o'n gobeithio torri record Cochyn, byth.

'Un o ble wyt ti, felly?' me fi. Fel 'tai angan gofyn!

'Casl Fiw Cnafron, ia?'

Gan ei fod o'n gneud sŵn gofyn, fel 'tai o ddim yn rhyw siŵr iawn ei hun, 'O! Cofi Dre wyt ti!' me fi, i roi mymryn o sicrwydd iddo fo.

'Ia. Chdi'n iawn efyd, ia?'

'Chdi ydi'r Co Mawr, dwi'n cymryd?'

Trio bod yn ddoniol o'n i, wrth gwrs, ond roedd o'n rhy ifanc i gofio Noson Lawen y weiarles, slawar dydd. Triawd y Coleg, Bob Tai'r Felin, Co Bach…Dyna be *oedd* noson lawen! Nid y rwtsh gewch chi'r dyddia yma ar Es-ffô-rsî.

Eniwêi, doedd gynno fo ddim clèm am be ro'n i'n sôn a dwi'n cofio meddwl y basa Wili Welsh wedi câl dwywaith cymint o draffarth efo hwn ag efo Cochyn.

Sut bynnag, ar wahân i ryw fanion felly, doedd rhan gynta'r daith yn ôl ddim yn rhy ddrwg. Yn un peth, ro'n i'n câl amsar i werthfawrogi'r holl lunia oedd ar walia'r coridor; llunia na wyddwn i am eu bodolaeth nhw tan rŵan, diolch i'r Cochyn Ecsprés. Ac mi allwn i fod wedi cyfri teils y llawr i gyd hefyd, petai'n dod i hynny, wrth i'r rheini lithro'n bwyllog o dan olwynion fy nghadar i.

Ond ymhen sbel, mi ddechreuodd Co nogio a dynwarad trên bach y Wyddfa, gan bwffian yn boenus a stopio bob decllath mewn steshons dychmygol, i gael ei wynt ato. Mi gês inna lond bol yn y diwadd a rhaid ei fod o wedi nghlywad i'n ochneidio.

'Ma pegla fi'n giami, ia?' medda fo'n esgusodol a thynnu un o'i drêinyrs i fasâjio'i fodia.

'Ti'n deud tha i!' me finna'n ôl a dal fy ngwynt wrth i'r ogla chwys a sana budur ymosod ar fy ffroena i. Mi fasa dwrn Jô Calsâgi ar flaen fy nhrwyn wedi bod yn garedicach o beth cythral.

Yna, wedi pedoli'i droed dde unwaith eto, taflu cip pwyllog ar ei Rolecs Hong Cong a mwmblan 'ffaif ffufftîn' yn siomedig wrtho'i hun, fe gawson ni ailgychwyn.

'Ma fi ar frys heno,' medda fo.

'Cwd hâf ffŵld mî, wàs!' me finna, eto o dan fy ngwynt.

'Isho miglo strêt adra am bod hen fodan yn giami, ia?'

Mi gymeris i'n ganiataol mai'i fam o oedd yr *hen fodan*. 'Duw! Ma'n wir ddrwg gen i, achan,' me fi, gan ddangos consýrn tadol. 'Be sy'n bod arni, 'lly?'

'Dîpresd, ia? Am bod giaman di cicio bwcad nithiwr, ia?'

Cymryd yn ganiataol wedyn, wrth reswm, mai ei nain neu ryw hen fodryb annwyl oedd Giaman, o gofio bod gynnyn nhw lot o enwa gwirion ar bobol yn Sir Gaernarfon hefyd; enwa fel Begw, Wini Ffini Hadog, Wil Napoliyn a phetha felly. 'Duw! Ma'n wir ddrwg gen i, achan,' me fi eto, a chicio fy hun am swnio fel tiwn gron. 'Faint oedd oed Giaman?'

'Thŷrtîn, ia? Fo ôdd ffêfret pet fi, er bod fo wedi bùta goldffish fi wsnos dwytha, ia?'

'Be? Enw cath ydi Giaman?' Wel sôn am deimlo'n rêl blydi ffŵl!

'Nâci, siŵr!' medda fo, fel 'tai fi ac nid fo oedd yn hollol dwp. 'Topsi oedd enw fo.' Ac i neud yn siŵr mod i'n dilyn ei resymeg, dyma fo'n pwyso a mesur ei eiria ac yn egluro mewn ffordd y baswn i, hyd yn oed, yn ddallt, 'Enw giaman ni oedd Topsi, ia?'

Goeliwch chi fod rhyw hirath mawr am y cochyn wedi codi arna i, mwya sydyn?

Chydig iawn o Gymraeg fuodd rhwng Co Mawr a finna wedyn ac mi gafodd fynd adra'n brydlon, hyd y gwn i, i gysuro'i hen fodan ac i gladdu Topsi'r giaman yng ngardd ffrynt Casl Fiw.

Llangristiolus a Llanfair Màth-rhwbath-neu'i-gilydd ddôth i rannu swpar i bawb. Wedi gwenu'n annwyl ar y ddwy, mi rois y cyrn clustia am fy mhen, i wrando ar Radio Cymru. Hynny, hyd yn oed, yn well na diodda sŵn castanéts Moses yn sglaffio cotej pai a riwbob crymbl.

Dwn im be amdanoch chi, ond y programs dwi'n licio ora ar Radio Cymru, heblaw'r Talwrn wrth gwrs, ydi rhaglenni Dei Tom a Beti Jôrj, Dewi Llwyd a Jonsi. Petha sybstanshial fel'na. Programs â gafal ynddyn nhw. Stwff efo tipyn o ddiwylliant yn ei gylch. Dwi'm balchach o'r canu pop modyrn ma lle ma canwrs yn gneud eu caneuon i fyny wrth fynd ymlaen ac yn swnio'n debycach i eglwyswrs Llanlleidiog yn canu tshant allan o diwn. A geiria'u caneuon nhw! Aclwy maw! Roedd y Bardd Cocos ar ei waetha ac yn chwildrins ar nos Sadwrn yn gneud gwell job ohoni na rhain! Dwi'n deud hyn tha chi! – Tasa Dafydd Iwan a Hogia'r Wyddfa wedi marw, mi fasa nhw'n troi yn eu bedda o gwilydd wrth glywad y fath rwtsh.

'Mae'r gân nesaf yn cael ei chyflwyno i Wili Bach Saer, o Lanlleidiog, sy'n glaf yn Ysbyty Penrhos…'

Aclwy maw! Fi di hwnnw!

'… Yn ôl ei hen gyfaill Guto Ritsh, mi fasa Wili Bach wrth ei fodd yn cael clywed y grŵp Tatws Di Masho yn canu eu hùt ddiweddaraf 'Plu ar y Gath a Blew ar y Bwji'…'

Blydi-èl! Damia dy liw di, Guto Ritsh!

Robin goch ar ben y wal, ar ben y wal, ar ben y wal,
copars stiwpid isho'i ddal, isho'i ddal, isho'i ddal, isho'i ddal
ond mae robin goch yn fflio, fflio, fflio, fflio
o ben y wal i ben y to to, i ben y to to…

Aclwy maw! Sôn am nonsans! Robin goch a phlismyn ar ei ôl o! Blydi rwtsh llwyr! Be nesa, wir Dduw? A be ddeudodd y bôi dî-jê na? Fod y gân yma yn hùt? Ac ar ben y tshârts? Fedra i ddim credu'r peth. Sy'n gneud imi ama mod i'n colli rhwbath yn y geiria. Bod na ystyr cudd iddyn nhw, falla. A mod i, felly, yn gneud cam mawr â *Tatws Di Masho*. Wedi'r cyfan, fedra i'm deud mod i'n dallt Dafydd Iwan, chwaith, yn gofyn cwestiwn gwirion fel 'Pam fod eira'n wyn?' neu Bryn Fôn yn smalio bod yn geidwad rhyw lait-hóws neu'i gilydd. Falla bod disgwyl i rywun neud ymdrach i ddehongli'r geiria, fel ma'r Meuryn yn neud ar y Talwrn. Ma hwnnw'n llwyddo i neud sens allan o lot o rwtsh yn fan'no yn amal iawn!

Be tasa'r gân ddim yn sôn am *robin goch* o gwbwl? Be tasa hi'n sôn am…am Owain Glyn Dŵr, er enghraifft? Os felly, y *plismyn stiwpid* sy'n trio'i ddal o ydi'r Seuson. Ond mae Owain yn dengyd o'u cyrraedd nhw, nid i ben to tŷ ond i ben…i ben tŵr castall, falla. Castall Harlach, mwy na thebyg!

Wedi meddwl, mi all hon fod yn uffar o gân glyfar gan Tatws Di Masho. Sy'n profi, fel ro'n i'n deud gynna, mor hawdd ydi rhuthro i benderfyniad a gneud cam â rhywun, cyn câl y stori lawn…neu, yn yr achos yma, cyn clywad y gân i gyd.

> …*Robin goch ar ben y to, ar ben y to,*
> *yn gweiddi 'Howdidŵ' a 'Twdl-ŵ! Twdl-ŵ!'*
> *arnyn nhw, arnyn nhw*
> *ac yn claddu tships a fundalŵ, fundalŵ*
> *cyn fflio i ffwr i Honolŵ-lŵ, Honolŵ-lŵ, Honolŵ-lŵ…*

Aclwy maw! Pan ga i afal ar y Guto Ritsh na!

'Now that he's had his MRI, he can go on a light diet. Fluids. Soup, tea…'

Diolch i Dduw! Dwi'n teimlo fel taflu mreichia am ei wddw fo, a gwasgu. Taswn i'n gneud hynny, fo fasa'r dyn du cynta imi'i dwtshad erioed. Ac yn reit siŵr y dyn du cynta yn siarad Cymraeg!'

'Ti cael bwyta cawl nawr, os ti moyn. Wyt ti yn?'

'Uffan dân ydw, dwi moun!' Ac yn fwy na hynny, dwi'n barod i fadda Cymraeg Caerdydd iddo fo hefyd.

'Campus.'

Ma'i wên o fel rhes o grawia newydd-gael-eu-whaitwasho.

'…Bydd…ym…canlyniade?'

Dwi'n nodio mhen yn ffyrnig i ddangos ei fod o wedi taro ar y gair cywir, ac i'w annog i fynd ymlaen efo'i stori.

'…canlyniade sgan ti dyfod yfory, efallai. Sut mae…?'

Mae'n curo'i fol rŵan am nad ydio'n cofio'r gair Cymraeg am stumog.

'…Ydi fe yn well, nawr?'

'Ma fe yn gampus, diolch,' me finna, yn falch o allu cyfathrebu efo fo yn ei iaith ei hun.

'Godidowgrwydd. Bydd yn wych.'

Ac mae o wedi mynd!

'LLANGRISTIOLUS! Pa sŵp sgen ti imi?'

Welsoch chi hogan glws hyll erioed? Wel, mae na un newydd gerddad allan o Si Bêi y funud ma. Grand-dôtyr-yng-nghyfrath Llanrwsutrwsut! Wow! Pan gerddodd hi i mewn yma efo'i mam-yng-nghyfrath yn ystod y fusuting, heno, mi gymrodd y dynion i gyd, heblaw'r Mejyr a Mêt Monti a'r Swnami, eu gwynt atyn nhw'n swnllyd. Mi allwn i weld Moses yn ei dadwisgo hi efo'i lygid Hen-destamentaidd ac ro'n inna hefyd, tawn i'n onast, yn ysu am gâl llygid ecs-rêi fel rhai Siwpyrman.

Sôn am bishyn! Blondan sics-ffwt ar stuletos! Ffaif-ffwt-sics hebddyn nhw. Thyrti-sics twenti-tŵ thyrti-sics mewn taits du, sgert at ei thin a jympyr dynn heb fra, efo'i thethi'n dangos drwy'r brethyn fel trwyna cathod bach yn chwilio am fwyd. Fedra i ond ei disgrifio hi fel Briji Bardô, Efa Gardnyr, Jîna Lolobrijîda, Morîn O'Hâra, Marulyn Monrô, a Soffîa Lôrén i gyd wedi'u rowlio'n un. O, a Jên Ffonda hefyd! Wow!

Yr unig beth oedd yn tynnu oddi arni oedd y tatŵ o Dêfid Becam uwch rhych noeth ei thin, a'r tshiwing-gým aflonydd yn ei cheg. Welis i rioed hogan hyll, heb sôn am un ddel fel hi, yn cnoi Riglis fel'na! Roedd hi'n union fel mêts Al Capôn yn trio edrach yn tyff o flaen Eliyt Nès, neu brentis Alecs Ffyrgysyn yn Old Trafford pan ma tîm hwnnw'n colli ffaif nul i Lerpwl. Roedd asgwrn ei gên hi'n troi fel injan-ddyrnu a'r tshiwing-gým yn dod i'r golwg o bryd i'w gilydd fel lwmp o does yn dengyd rhwng bysidd Harri Becar stalwm. Mi ddaru hi hyd yn oed chwthu bybl unwaith, nes bod honno'n byrstio dros ei lipstic hi i gyd, ac mi âth hi ati wedyn i lyfu'i gwefla efo'i thafod secsi.

Mi allwn i fadda'r tshiwing-gým iddi'n hawdd oherwydd roedd hi'n dal i fod yn uffar o bishyn. Ond pan âth hi'n ffrae rhyngddi hi a'i thaid-yng-nghythral, weeel…! Un funud roedd hi'n disgrifio i Llanrwsutrwsut rhyw 'dŷ lyfli' oedd ganddi hi a Jô mewn golwg yn Llan-rwla-arall-neu'i-gilydd ac yn awgrymu y galla fo helpu efo'r morgej tasa fo'n dymuno, a'r funud nesa mi âth hi'n bandimoniam llwyr. 'Ti'n effin selffish!' medda'r blondan dros lle i gyd, nes bod sŵn yr *'effin'* (neu rwbath tebyg) yn wislo rownd Si Bêi. Llanrwsutrwsut oedd yn ei châl hi, am ei fod o wedi gwrthod helpu, am wn i. Sut bynnag, doedd hi ddim yn f'atgoffa fi o Briji Bardô ddim mwy, na'r un o'r lleill chwaith 'tai'n dod i hynny. Roedd hi'n debycach rŵan i Magi Thatshyr wedi gwylltio efo Nîl Cinoc neu Ârthyr Sgârgil. 'Gyn ti digon o effin pres a ma Jô (ei gŵr hi, am wn i! A grandsỳn Rwsutrwsut, felly!) a fi isho pres i prynu tŷ a chdi'n rhy effin stinji i rhoi dim byd. Chdi'n effin crap i chdi gâl dallt! Effin basdad!' Mi gerddodd hi allan yn ei thempar wedyn ac roedd y dynion i gyd – a finna – yn sbïo i ffwr, 'chos doedd hi ddim yn bishyn erbyn rŵan; roedd hi'n uffernol o hyll a deud y gwir ac roedd gen i lot o gydymdeimlad, mwya sydyn, efo'r hen Rwsutrwsut. Moses, am wn i, oedd yr unig un i werthfawrogi'i haraith hi.

Mi ddôth y bishyn hyll yn ôl ymhen deng munud mewn sachliain a lludw ac yn edrach yn shîpish reit, i ymddiheuro'n llaes i'w thaid-yng-nghythral ac i roi sws goch iddo fo ar ei dalcan. Ond rhy hwyr! Roedd y damej wedi'i neud. A phan âth hi allan yr eildro roedd hi'n dal i fod yn uffernol o hyll.

Ar ôl panad min nos, doedd dim gair i'w gâl am geiniog oddi wrth Rwsutrwsut, am ei fod o wedi ymgolli yn ei gywilydd am wn i, ac yn Coronêshyn Strît ar y teli. Doedd gen i ddim gwynab i dynnu'i sylw fo at sws goch y jadan oedd yn dal fel craith ar ei dalcian.

Felly, am nad oedd gen i fawr o awydd trio gneud sgwrs efo Swnami-drws-nesa, na mentro cynhyrfu Mêt Monti, dyma fi draw at y Mêjyr, oedd rŵan mewn pyjamas newydd sbon o Mârcs-a-Sbârcs. Roedd llygad yr hen foi yn gliriach ac yn fwy bywiog erbyn rŵan. 'Cyfla i'w holi fo am ei helyntion yn y rhyfal,' medda fi wrtha fy hun. 'Mi fydd gynno fo hanesion difyr, siŵr o fod.'

'How âr iw, Mêjyr? Iw âr betyr, ai hôp?'

'They shouldn't be there, you know?' medda fo yn ei lais

meddal ond â'i lygid yn dechra tanbeidio. 'They have no business to be there, have they?'

Doedd gen i ddim clèm am be'r oedd o'n sôn, ond fe wyddai Mêt Monti'n iawn! 'In Irac iw mîn?' medda hwnnw, a chynhyrfu'n lân. 'Iôr rait! Owyr bois shwdnt bî ddêr at ôl.'

Ro'n i isho deud wrthyn nhw bod ein hogia ni wedi gadal Irac ers hydoedd ond chês i'm cyfla.

'…Ai wos in North Affrica, iw nô? Ffaiting Romel in ddy desyrt. Hâf iw hŷrd of him?'

'Yes I have, actually,' medda'r Mêjyr yn ôl, mewn llais digon tebyg i un y Pruns-o-Wêls ei hun.

'Hî wos côld ddy Desyrt Ffocs, iw nô?…'

'Was he really? Did you have tea with him?'

'Yes, wans or twais. And wi had sŷm feri nais crîm cêcs, tŵ.'

Nefi blŵ! Siawns y ca i fwy o sens allan o Moses!

'Sut ma'i erbyn hyn?'

'Dal i hongian yn de!' medda hwnnw, yn ysu am sgwrs. 'Deudwch i mi, fuoch chi yn y Steddfod eleni?'

'Naddo wir, ddim leni.' Ddim erioed, a deud y gwir. A bod yn onast, dwi'n gweld mwy na digon o steddfod ar y niws ar Es-ffôr-sî bob blwyddyn. Welsoch chi nyth morgrug erioed? Miloedd o betha bach aflonydd yn gwau trwy'i gilydd ar eu toman, ac yn mynd Duw a ŵyr i ble; pob un yn cario'i wy bach gwyn yn ôl a blaen a rownd a rownd. Wel, lle felly ydi cae steddfod i mi! Pob un â'i fag bach plastig gwyn – yn llawn o ffrîbîs neu sandwujis – yn crwydro'n ddiddiwadd o gwmpas y doman binc ac yn oedi weithia, naill ai i ddotio at wyneba ffêmys Es-ffôr-sî neu i din-droi a smalio diddordab lle bynnag ma gobaith am banad-am-ddim.

'Y Baball Lên fydda i'n hoffi, wyddoch chi.'

'Duwcs, ia! Fydda inna byth yn colli'r *Talwrn* ar y radio, chwaith.'

'O! Un o'r werin honno dach chi? Gwerin yr Ymryson a'r Stori-bob-dydd, ma'n siŵr!'

Dwi'n teimlo braidd, o glywad y sŵn gwawdlyd yn ei lais o. 'Be? Oes na werin arall?'

'Y Ddarlith Lenyddol yn fwy at fy nant i,' medda fo, fel 'tai hynny'n atab fy nghwestiwn i. 'Ac mi fydda i wrth fy modd yn ymuno efo'm cyd-brifeirdd i drafod y bryddest a'r awdl arobryn...fel y byddech chi'n ddisgwyl, wrth gwrs.'

'Wrth gwrs!' me finna, yn sylweddoli'i fod o wedi troi'n uffar o snob, mwya sydyn. Roedd gen inna flys troi'n Feuryn am eiliad a gosod tasg iddo fo – 'Lluniwch gwpled yn cynnwys y geiria *effin* a *bastad*.' Ond brathu tafod wnes i am y gwyddwn i o'r gora na fasa Gerallt-loud-ŵan byth yn rhegi fel'na.

'Rwy'n cofio pan enillais y Gadair am y tro cyntaf...'

Dyna cyn bellad ag yr âth o. Cyn bellad ag roedd o wedi bwriadu mynd, ma'n debyg. Canmol ei hun oedd ei unig fwriad, ac mi syrthis inna i'r trap, wrth gwrs!

'Be?' medda fi, a'm llais yn magu edmygedd a rhyfeddod-go-iawn. 'Dach chi rioed wedi ennill y...y Gadair? Y Gadair yn y...yn y...Steddfod Genedlaethol?'

'Do...a'r Goron ddwywaith!'

Jest fel'na! Mwya off-hand! Fel tasa fo'n deud faint o wya-di-ferwi oedd o wedi'i futa i frecwast. Ond actio'n fawreddog oedd o oherwydd mi âth ymlaen yn syth i ychwanegu 'Gneud y dwbwl unwaith, wrth gwrs!'

'Tewch, da chi!' Ro'n i isho deud mod i'n cofio Spŷrs yn gneud yr un peth yn naintîn-sicsti-wàn – ennill y Lîg a'r Eff-ê-cyp yn yr un flwyddyn – ond fasa fo ddim wedi gwerthfawrogi'r gymhariaeth, dwi'n ama.

'Dim ond Tî Hêtsh ac Alan, Donald a finna sydd wedi llwyddo i neud y gamp erioed, wrth gwrs. Mi fethodd Cynan a Williams Parry a'r lleill. Rheini'n feirdd digon taclus yn eu ffyrdd eu hunain, cofiwch, ond heb yr ecstra sydd ei angen i godi i dir uwch, dach chi'n dallt.'

'O!' Be arall ddeudwn i, heb ddangos f'anwybodaeth? Ond dyna fo! Tawn inna wedi sôn am Dani Blanshfflowyr a Jimi Grîfs, Clûff Jôns a Teri Medwun ma'n siŵr mai mewn niwl y bysa fynta.

'Mi ddylwn i fod wedi cael y dwbwl *ddwywaith*, a dweud y gwir…'

Ei lais yn llawn o sŵn edliw, rŵan.

'…oni bai imi gael cam gan y beirniaid…'

'Ma pawb yn câl cam mewn steddfod,' me finna, fel rhyw gysur bach iddo fo. 'Ma Côr Meibion Lleidiog yn câl cam bob tro ma nhw'n cystadlu.'

Ond doedd o'm yn cymryd yn ei glust!

'Peth mawr ydi cael eich beirniadu gan rywun sy'n llai o athrylith na chi'ch hun, wyddoch chi…'

Fe fu bron imi sôn am y cam a gês i, estalwm, yng nghystadleuaeth Llinell Goll *Llais Lleidiog,* ein papur bro ni, ond doedd Moses ddim wir isho clywad hynny chwaith.

'…Meddyliwch!' medda fo'n anghrediniol gan hoelio'i lygid ar fy llygid i. 'Awenfardd Awenog, wrth draddodi'r feirniadaeth, yn honni bod cynifer â thair llinell o'm hawdl yn wallus eu cynghanedd.'

'Tewch â deud!' medda finna, yn llawn cydymdeimlad cyfiawn.

'Gredwch chi nad oedd y twpsyn ddim wedi nabod y Sain-odl-ddwbl-o-gyswllt-anghytbwys-ddyrchafedig?'

'Wel wir! Pwy fasa'n meddwl!'

'Ond mi gafodd ei oleuo a'i gywilyddio'n fuan iawn, coeliwch fi, gan yr erthygl hirfaith a anfonais i'r rhifyn nesaf o *Barddas*.'

'Dyna ddylwn inna fod wedi'i neud,' medda fi wrtha fy hun. 'Sgwennu llythyr i *Llais Lleidiog* i gwyno nad oedd Elis Llyn Gwydda, y beirniad, yn gwbod y nesa peth i ddim am linella coll.'

'Mi fûm i unwaith ar y rhestr fer i fod yn Archdderwydd wrth gwrs.'

'Tewch, da chi! Dwi'n archwneuthurwr fy hun, 'tai'n dod i hynny.'

Anwybyddu hynny nâth o hefyd.

'... Rydach chi'n perthyn i Gorsaf-y-beirdd, felly?'

'Wrth gwrs!' medda fo, efo rhyw chwerthiniad bach mawreddog yn ei wddw. 'Rwy'n Ddistain, gyfaill!'

'Pa liw ffrog sgynnoch chi, 'lly? Gwyrdd ta glas?'

'Py!'

Ac mi'i clywis i fo'n mwmblan o dan ei wynt am 'anwybodaeth affwysol y werin'.

'Ma Gorsaf-y-beirdd yn brysur iawn bob Steddfod, decinî,' medda fi, yn y gobaith o adfer ei hwylia da fo.

'Wrth gwrs!'

'Yn parêdio o gwmpas y cae, yn de? Dwi wedi'ch gweld chi'n gneud hynny, ar Niws Es-ffôr-sî.'

'Gyfaill!' medda fo'n nawddoglyd gan sgwario'i ysgwydda'n fawreddog. 'Ichi gael deall, mae'n ddyletswydd ar bob prifardd gwerth-ei-halen i fynychu Cylch yr Orsedd ar Faes yr Ŵyl, a hynny yn wyneb haul, llygad goleuni. Ac, yn ogystal, i gefnogi'r beirdd arobryn yn y ddwy Seremoni rwysgfawr ar lwyfan y pafiliwn mawr.'

'O?'

'Cyfeirio yr wyf, wrth gwrs, at y Coroni pwysig ar y pnawn Llun a'r Cadeirio pwysicach ar y pnawn Gwener.'

'Wrth gwrs!' medda finna, yn teimlo mod i'n dysgu rhwbath wrth wrando arno fo.

'Ond wfft i'r seremoni arall, ar y pnawn Mercher!'

'O?' medda fi eto. 'Be di honno, 'lly?'

'Py! Ffârs a dim byd mwy na hynny, gyfaill! Rhoi llwyfan a ffug statws i ryddieithwyr disylwedd.'

Roedd o'n amlwg o dan deimlad.

'...Ac, o ganlyniad, be sydd wedi digwydd, meddech chi?'

'Ym!...Ew!...'

'Wel mi ddeuda i wrthach chi,' medda fo, 'rhag gorfod gwrando arnoch chi'n cecian dim mwy! Erbyn heddiw, o fod wedi agor drws yr Orsedd led y pen, mae pob Twm, Dic a Harri sy'n ennill y Fedal Lên – neu hyd yn oed y Daniel, os medrwch chi gredu'r peth – yn cael eu croesawu â breichiau agored i'r Cylch Cyfrin.'

'Tewch da chi!'

'I'r wisg wen, ichi gâl deall! Fedrwch chi gredu'r peth?'

Ac mi âth ymlaen heb lyncu'i boer cyn imi gâl cyfla i ebychu mwy o syndod.

'...Eu dyrchafu nhw'n Dderwyddon yng Ngorsedd Beirdd Ynys Prydain – Gorsedd y *Beirdd*, sylwer – cystal ag awgrymu bod eu camp yn eu codi i'r un tir â champweithiau Cerdd Dafod! Py! Does ryfedd yn y byd fy mod i, ac ambell brifardd arall, yn ffafrio'r maes golff ar bnawn Mercher y Brifwyl.'

Ron i'n gallu deud ei fod o wedi cynhyrfu'n lân a bod gwaed yn codi i'w ben, ond do'n i ddim yn disgwyl iddo fo neidio ar ei draed efo'i ddwy fraich yn yr awyr, chwaith, a gweiddi 'A OES HEDDWCH?' dros bob man, yn union fel 'tai o wedi cael brên-storm.

Aclwy maw! Mi fu bron imi gâl ffatan ac roedd nghalon i'n dyrnu'n gyflymach na sodla Cochyn y Portar pan ma rheini'n mynd fflat owt.

'Oes, ond dim diolch i ti, y conshi diawl!'

Mêt Monti oedd yn gweiddi, o'i gongol! Ac mi chwerthodd Llanrwsutrwsut yn gras a dihiwmor o'i gongol ynta.

Yna, pan ddechreuodd Moses ddyfynnu llinella allan o'i *'awdl fuddugol, awdl y dwbwl'* mi es inna i orwadd ar fy ngwely, i chwilio am chydig o'r heddwch roedd o wedi galw amdano, eiliada ynghynt. A rhaid bod Rwsutrwsut, hefyd, wedi gobeithio am yr un peth oherwydd o du ôl i'r *Daily Scandal* mi'i clywis i fo'n cyfarth yn anfarddonol braidd, i gyfeiriad y gwnidog, 'Cau dy geg y ffycar gwirion!'

Fusutyrs

Chysgis i fawr neithiwr chwaith ond yn hytrach na hel meddylia gwirion a theimlo'n sori-ffor-maiselff, mi es i'n ôl i'r hen ddyddia yn Llanlleidiog.

I'r Haiyr Grêd i ddechra – neu Ysgol Sentral fel roeddan ni, y werin datws, yn galw'r lle. Dwi wedi sôn digon yn barod am Wili Welsh ond heb ddeud yr un gair, hyd yma, am Wali Wd. Wali Wdwyrc i roi iddo'i enw llawn. Neu Idwal Wdwyrc ei enw iawn.

Os o'n i'n shit hot ar arddodiaid a phetha felly, ro'n i'n shit hot, yn reit siŵr, ar fy joints. Mewn deugian mlynadd o ddysgu wdwyrc yn Ysgol Sentral, welodd Wali Wd erioed neb gwell na fi, medda fo, am neud joints – tenyn, maityr, dyf-têls... Ond roedd gen i fantais ar bawb arall, wrth gwrs, a doedd Guto Ritsh byth yn brin o edliw hynny imi chwaith. 'Digon hawdd i ti!' fydda fo'n ddeud. 'Ma dy daid ti'n saer a ti'n câl mynd i'r gweithdy ato fo i bractisho.' 'A ma dy dad titha'n ddreifar lorri ludw,' fyddwn inna'n ddeud yn ôl, 'ond fedri *di* ddim dreifio berfa hyd yn oed.' Roedd hynny'n cau'i geg o, cyn sicrad â dim.

Sut bynnag, fi gafodd y busnas-gneud-eirch ar ôl Taid a ma pawb yn Llanlleidiog – hyd yn oed Magi-paid-â-deud – yn cydnabod mod i'n *saer hen ffasiwn, da*. Be bynnag ma hynny'n ei olygu.

Cwt sinc ydi'r gweithdy... Gweithdy Taid... wedi bod erioed, a dwi wedi peintio'r lle fwy nag unwaith dros y blynyddoedd, i'w gadw fo rhag rhydu a chwalu am fy mhen i. Mae o wedi bod yn frown ac yn ddu ac yn wyrdd yn ei dro, ond llwyd ydi o ar y funud. A llwyd geith o fod, bellach, ma'n siŵr. Mae o'n sefyll yn union dros-ffor i le dwi'n byw, sef hen gartra Nain a Taid, a thu ôl iddo fo ma Llwybyr yr Afon, ac Afon Lwyd y tu draw i hwnnw wedyn. Chydig fydd yn mentro cerddad y Llwybyr wedi iddi dwllu, dim ond rheini sydd ar ryw berwyl drwg, fel gwraig Guto Ritsh yn mynd am ei thamad ar y slei, slawar dydd.

Saith o dai sydd yn Glanffrwd Teras, ein stryd ni, a nhŷ fi, tŷ Nain a Taid gynt, ydi Nymbyr Ffôr, sef yr un canol. Drws nesa imi, ar y dde, mae Sel Segur yn byw tali efo Sharlot Goman (neu Sharlot Harlot fel ma'r Seuson yn ei galw hi). Sel-ar-y-sic ma rhai'n ei alw fo; Sel-ar-y-scrownj yn ôl eraill. Pan a' i adra o fama, dwi'n gwbod o'r gora y bydd fy nghwt glo fi'n wag – y bydd pob llwchyn wedi diflannu – ac y bydd pob diferyn o betrol wedi cael ei seiffno allan o'r hers a'r car claddu hefyd, oherwydd dydi Sel byth yn brin o golli cyfla. Drws nesa imi ar y chwith, wedyn, mae Sbrych-y-gro yn byw. Roedd isho sgotwr fel fi i feddwl am enw fel'na ar Lisi-gwynab-hir. Pluan sgota ydi brych-y-gro, ichi gael dallt! Un blaen iawn a di-liw ac mi fasa'r enw hwnnw, ynddo'i hun, yn siwtio Lisi i'r dim ond ma *Sbrych-y-gro* yn mynd â ni gam clyfrach ymlaen wedyn. Dach chi'm yn meddwl? Oherwydd gwynab sbrych sydd gan rhen Lisi druan, byth ers iddi golli'i chariad yn y Dî-dêi-landings, slawar dydd. Ma gen i enwa da ar bawb arall yn y stryd, hefyd. Enwa plu sgota eto! Er enghraifft, Matilda Green, sef y Susnas grand sy'n byw efo Ffredi ei gŵr yn Tŷ Pen ar y dde…Greenwell's Glory ydi hi! A rhyngddi hi a Sel Segur, ar ben drws Nymbyr Tŵ, ma Mari-melin-bupur yn treulio'i dyddia. Regaryg fydda i'n ei galw hi. Hwnnw'n enw cystal â dim arni, pan styriwch chi'r sŵn aflafar a diddiwadd ma regaryg yn ei neud. Hynny ydi, os ydach chi'n ddigon hen i gofio'r deryn hwnnw, wrth gwrs, oherwydd mae'r rhegen-yr-ŷd – dyna'i enw iawn o, gyda llaw – wedi diflannu oddi ar wynab daear ers dyddia Rôi Rojyrs a'r Thrî Stŵjis yn picjwrs-pnawn, estalwm. Ym mhen arall y rhes, wedyn – yn Nymbyr Sefn – ma Rodni-wasgod-biws a'i wraig yn byw, ac am ei fod o'n gymaint o gocyn, Ceiliog-chwîad-corff-gwin fydda i'n ei alw *fo*. Sêra-lliw-coch, yn Nymbyr Sics, ydi'r un sydd ar ôl, ac arni hi dwi wedi câl yr enw gora, dwi'n meddwl. Dydi o'm yn gyfrinach i neb yn Llanlleidiog fod Sêra wedi bod yn lliwio'i gwallt du yn goch er pan oedd hi'n hogan ifanc, ganrifoedd yn ôl. 'Er mwyn câl edrach fel y ffulm star Morîn O'Hâra.' Dyna ddeudodd hi, rywdro. Ond ma gwallt hyd yn oed Morîn-O'Hâra-lwc-alaics yn tyfu, a'u rŵts nhw'n dŵad i'r wynab bob hyn a hyn, fel yr hesg ar Lyn Corsiog bob ha'. A gan na fuodd Sêra erioed yn eithriad i'r rheol honno, dwi'n meddwl bod Coch-â-bonddu yn enw sy'n ei siwtio hi i'r dim.

Gyda llaw, gŵr Greenwell's Glory roddodd yr enw Susnag ar ein stryd ni, yn fuan wedi iddyn nhw symud yma i fyw. A rhoi enw arall ar Tŷ Pen hefyd, eu cartra newydd. Ar y cychwyn, doedd gan y postmyn ddim clem lle roedd rhyw *Fred Green, River Vista, 1 Riverside Crescent, Clanclyde-somethink-or-other* yn byw ond ymhen tipyn i beth mi ddaru'r enw sticio, a hynny heb i neb yn ein stryd ni feddwl codi llais yn erbyn. A deud y gwir, roedd pawb yn y cyffinia'n dotio at yr enw ac yn deud bod *Cresent* yn neishach gair o beth cythral na *Teras*. Guto Ritsh oedd yr unig un i anghytuno, am wn i. 'Sut uffar all stryd hollol syth fel Glanffrwd fod yn *cresent*?' medda fo, pan alwodd o heibio'r gweithdy, ryw ddiwrnod. 'Siâp lleuad newydd ydi cresent, siŵr Dduw!' Disgwyl i mi brotestio wrth y Cownsul a'r Post-óffis oedd o, ma'n siŵr, ond fedrwn i ddim gneud peth felly – fedrwn i? – neu mi faswn i'n cậl y gair o fod yn Welsh Nash ac mi fasa hynny wedi bod yn hoelan yn arch fy musnas i, cyn sicrad â dim.

Sut bynnag, cyn bo hir mi roddodd y Cownsul arwydd newydd sbon i fyny – un dwyieithog – *Riverside Crescent* mewn llythrenna Susnag, a Glanffrwd Teras odano fo mewn llythrenna Cymraeg. Ond yna, un noson, mi ddiflannodd y llythrenna cam o dan drwch o baent gwyrdd. Argol! Sa chi di clywad yr halibalŵ fuodd wedyn! A gweld mor flin oedd pobol y lle efo'r Welsh-langwej-sosaieti! Eu galw nhw'n fandals a stiwdants hurt a phetha felly ac yn deud y basa blwyddyn neu ddwy yn yr armi yn gneud mwy o les iddyn nhw na dim. A ddaru petha ddim gorffan yn fan'na, chwaith! Fel rheol, ma gynnoch chi well gobaith o weld Arab ar ei linia mewn sunagog neu hwran mewn bicîni ar stryd fawr Tê-ran na gweld plisman-ar-droed yn Llanlleidiog, ond y dwrnod hwnnw mi ddaru nhw landio fel cwmwl o blŵ-botls ar ddafad farw, o bob cyfeiriad, mewn ceir a fania a helicoptyrs a phob math o betha symudol erill, yn cario trynshyns a gynna a hancyffs a phetha felly. Roedd Guto Ritsh yn taeru ei fod o wedi gweld Clunt Istwd yn eu canol nhw ond ma pawb yn Llanlleidiog yn gwbod bod tylluan ar sýn-bed yn gweld yn well na Guto Ritsh. Aclwy maw! Dim ond chydig ddyddia ynghynt roedd y diawl gwirion yn taeru bod y Cwîn a'r Diwc-of-edinbyro yn ciwio tu ôl iddo fo yn siop tships Bryn Saim! Eniwêi, mi landiodd y criw fforensig yno wedyn, rif y gwlith ac mewn ofarôls gwyn, fel êliens o Owtyr Sbês, i gymryd ffingyr-prunts a ffwt-prunts a dî-en-ês ac i osod meicroffôns cudd yn y ciosg ffôn a gwthio tameidia o hen weiars i dylla mewn walia. Roedd Greenwell's Glory a'i gŵr uwchben eu digon, wrth gwrs, yn cael eu talu'n dda am roi intyrfiws Susnag i Es-ffôr-sî a *Golwg*. Sut bynnag, tra oedd tri o Sbeshal Bransh yn fy holi fi ynglŷn â syspects, pwy gerddodd draw aton ni'n dawal reit ond mab Stîf Sais, yn cario tun o baent gwyrdd. Dim ond ers chydig fisoedd roedd o wedi byw yn Llanlleidiog ond roedd o wedi dysgu Cymraeg yn ddigon o ryfeddod, chwara teg iddo fo. 'Esgusodwch fi!' medda fo'n gwrtais gan ddal y tun paent o dan drwyna'r plismyn. 'Rwyf yn aelod o Gymdeithas yr Iaith ac o fudiad Adfer. Myfi a beintiodd yr arwydd, fel protest yn erbyn seisnigo'r Fro Gymraeg.' Doedd y tri phlismon mo'r rhai mwya shárp, ma raid, oherwydd fe gymrodd rai eiliada iddyn nhw ddallt be oedd y boi bach wedi'i ddeud. Ond pan syrthiodd y geiniog! Wow! Welsoch chi neb yn symud yn gynt na nhw. Mi neidiodd dau ohonyn nhw ar gefn y bachgan a'i daflu fo i'r llawr ac ista arno fo nes ei fod o'n methu câl ei wynt. Wedyn, tra oedd un yn dal gwn at ei ben o ac un arall yn ffonio'n wyllt am bàc-yp, mi roddodd y trydydd hancyffs am ei arddyrna fo a'r tri wedyn yn dechra'i lusgo fo i'r fan ddu. Erbyn hynny roedd criw wedi hel, i weld be oedd yn mynd ymlaen, ac fe ddechreuodd pawb weiddi 'Fandal!' a 'Blydi Welsh Nash!' a phetha felly. Mi daflodd rhywun wy drwg ato fo ond hitio'r plisman mewn mustêc ac mi glywis i un arall yn gweiddi 'Blydi Sais! Go bac tŵ whêr iw cêm ffrom!'

Ond tra oedd y ddrama yma'n mynd ymlaen, wyddoch chi be oedd wedi digwydd? Roedd rhyw ddiawl wedi sleifio i mewn i ngweithdy fi ac wedi dwyn letrig drúl newydd sbon. Gwerth sicsti cwud! 'Sel-ar-y-scrownj ydi'ch syspect gora chi!' medda fi wrth un o'r ditectufs. 'Os bryshwch chi, mi ddaliwch chi fo'n red-handed.' Ond wyddoch chi be ddeudodd y crinc yn ôl wrtha i? 'Does gen i ddim amsar rŵan. Rhaid imi fynd yn ôl i'r steshon i sgwennu ripôrt. Mae cês y terorust yn cael praiorutî.' Y mwnci uffar! Welis i byth mo'r letrig drùl, beth bynnag, a chollodd diawl o neb heblaw fi eiliad o gwsg yn ei gylch o, chwaith.

Mi ges inna fusutors o ryw fath pnawn ma. Elis Lôud a Magi-paid-â-deud! Neu'n hytrach Magi-paid-â-deud ac Elis Lôud, gan mai dyna'r drefn efo nhw'u dau bob amsar. Hi ar y blaen fel llong llawn hwylia a fynta fel ci bach wrth ei chwt hi, heb fod ganddo fo unrhyw ddewis o le arall i fynd. Dwi'n gwbod mod i'n cymysgu cymariaetha yn fan'na, yn sôn am gi a llong yn yr un gwynt, ond dach chi'n dallt be dwi'n feddwl, siawns.

'Elis! Dos i nôl cadar imi!'

Ordro ac arthio fel'na ydi cryfdar mwya Magi wedi bod
erioed; ei 'fforte' hi, fel y basa Cradog Codi Canu yn ddeud.
A fynta, gradur bach – Elis nid Cradog – yn rhuthro allan i'r
coridor lle ma na bentwr o gadeiria plastig segur ar gyfar
fusutyrs ac, wedi sgrytian yr ucha'n rhydd a gneud sioe o
sychu llwch dychmygol oddi arni, dod â hi i'w gwthio'n dyner
o dan din sylweddol ei betyr hâff. Sefyll wedyn fel batman
at atenshyn, i aros y gorchymyn nesa. Batman armi dwi'n
feddwl, wrth gwrs, nid y cêpd crwsêdyr ystlumog hwnnw
mewn comics plant stalwm. Dwi'n gneud y gymhariaeth, dach
chi'n dallt, oherwydd i mi fod yn fatman fy hun, unwaith, pan
o'n i'n gneud fy nashional syrfus. Gwas bach i ryw ddiawl o
offisar anniolchgar yn y Roial Welsh o'n i; hwnnw'n fwli rhy
hoff o'i dendans o beth cythral; pry-o-beth wedi codi oddi ar
gachu chwannan. A chofio'r hen uffar hwnnw sy'n peri bod
gen i rywfaint o gydymdeimlad efo Elis Lôud druan.

Gyda llaw, Magi-paid-â-deud ydi un o'r tri rheswm fy mod
i wedi aros yn hen lanc.

Nid Magi-paid-â-deud ydi'i henw llawn hi, wrth gwrs, na'i
henw iawn hi chwaith, 'tai'n dod i hynny. Pobol Llanlleidiog
sydd wedi cwtogi hwnnw er mwyn arbad amsar, ac am ei fod
o'n haws i'w ddeud na *Magi-ond-paid-â-deud-wrth-neb-ma-
fi-sy'n-deud-chwaith*. Sut bynnag, hi oedd fy nghariad cynta
i yn Ysgol Sentral, slawar dydd. Fy unig gariad yno, tawn i'n
bod yn gwbwl onast. Fy unig gariad yn unlla erioed, tawn i'n
bod yn fwy gonast fyth. 'Ma Magi Tŷ Pwdin' – dyna oedd ei
henw iawn hi, bryd hynny – 'isho dêt efo chdi a dwi wedi deud
y gnei di'i chwarfod hi wrth giât Steshon Fach am hannar awr
wedi chwech heno.'

Pwy ond Guto Ritsh fasa wedi cymryd y fath hyfdra ar ffrind!

Sut bynnag, mi es i at Steshon Fach â nghalon i'n carlamu fel ceffyl gwedd o mlaen i. Ro'n i'n hannar gobeithio na fasa Magi'n ymddangos o gwbwl ond yno roedd hi, mi ellwch fentro, yn barod amdana i. 'Helô!' medda fi'n swil a heb fod yn rhy siŵr be i ddeud na be i neud nesa. Fel ta raid imi boeni! Ches i fynd dim pellach na'r *Helô!* nad oedd hi wedi cythru amdana i a fy sodro fi'n erbyn y giât, efo'i bronna anfarth yn cau am fy llwnc. Yna dechra sbŵnio fel peth loerig nes bod fy ngwefusa i yn hollol nỳm. Roedd hi'n bladras ffaif-ffwt-sics bryd hynny hyd yn oed; finna chwe modfadd o leia yn llai na hi ac yn dipyn eiddilach o gorff. Roedd ganddi fantais arall, hefyd. Am ei bod hi'n gorfod helpu'i mam ar y sgrwbin golchi bob bora Llun cyn dod i'r ysgol, roedd gan Magi Tŷ Pwdin bâr o freichia y basa Jô Lŵï ei hun wedi bod yn falch ohonyn nhw. Does fawr ryfadd, felly, imi ddychryn am fy mywyd (pwy, yn fy sgida i, fasa ddim?) a dechra cecian bod Nain yn fy nisgwyl i adra i swpar a bod yn rhaid imi frysio'n ôl. 'Wel dos ta, Wili Bach!' medda hi'n wawdlyd ar f'ôl i, fel 'tai hi'n gwbod mwy nag a ddylai hi. 'Paid â phoeni, dwi'n mynd!' medda finna o dan fy ngwynt. Be na wyddwn i ar y pryd, wrth gwrs, oedd bod Guto Ritsh a'r hogia erill yn cuddiad yn ymyl ac yn lladd eu hunan yn chwerthin.

Siwsi, gwraig Guto Ritsh flynyddoedd yn ddiweddarach, ydi'r ail reswm fy mod i wedi aros yn hen lanc. Prin ddeufis, dwi'n siŵr, y bu'r ddau yn briod cyn iddi hi ddechra cario mlaen (Idiom Seisnig fasa Wili Welsh yn galw peth fel'na) efo dynion erill. Dwn i'm faint o affêrs a gafodd hi i gyd, cyn i Guto ffeindio allan (honna hefyd!). Mi fyddai hi'n cwarfod

amball un yng nghefn y gweithdy 'cw, am fod fan'no'n dywyll
a neb byth yn meddwl mynd ar y cyfyl. Ond mi wyddwn *i*
eu bod nhw yno. Ac ro'n i'n gallu clywad pob smic oedd yn
dod o'no hefyd! A 'swn i'm yn licio deud wrtha chi be oedd
yn mynd ymlaen (!). Eniwêi, mi gafodd Guto Ritsh wbod
am ei champa hi, rwsut neu'i gilydd, ac mi âth yn ddifôrs
rhyngddyn nhw'n syth. Wel sôn am sgandal! Rhaid ichi
gofio nad oedd pobol barchus Llanlleidiog yn câl difôrs yn y
dyddia hynny, dim ond affêrs. Roedd yn well ganddyn nhw
gyd-fyw'n anhapus fforefyr-afftyr. Dim ond ffulm-stârs Holi-
wd ac amball aelod o'r teulu brenhinol oedd yn câl difôrs. A
da ni'n gwbod sut betha ydi rheini. Sut bynnag, 'Pwy brioda
byth?' medda fi wrtha fy hun, ar ôl sylweddoli mai Nain oedd
yn iawn wedi'r cyfan, a bod genod i gyd yn ddrwg, yr un fath
â Magi Tŷ Pwdin a Siwsi Guto Ritsh.

Nain ei hun ydi'r trydydd rheswm pam dwi'n dal yn
fŷrjin. 'Gwranda di arna i, Wili Bach!' Dyna fydda hi'n weiddi
bob tro y byddwn i'n cychwyn allan o'r tŷ, ond byth yn sbïo
i ngwynab i, chwaith, am ryw reswm. 'Gofala nad wyt ti'n
gneud dim byd efo genod drwg. Dallt?' Ond sut oedd dallt,
a hitha'n gwrthod deud y gwahaniaeth rhwng genod drwg
a genod da? Yr unig hogan ddrwg y gwyddwn i amdani i
sicrwydd ar y pryd oedd Magi Tŷ Pwdin a doedd dim peryg i
Wili fynd i'r afael â honno byth wedyn. Sut bynnag, chwara'n
saff wnes i a phenderfynu bod pob hogan yn ddrwg.

'Pam ti'n sefyll yn fan'na, fel llo?'

Ma llais Magi-paid-â-deud yn fy llusgo fi'n ôl o fyd yr
atgofion.

'...Dos i nôl cadar i chdi dy hun, wir Dduw.'

Ac mae Elis yn ufuddhau, eto fyth. Nid bod gynno fo

ddewis. Yn eu tŷ nhw, does neb byth yn cwestiynu pwy ydi'r 'betyr hâff'.

'Iti gâl dallt,' medda Magi wrtha i rŵan, 'yma i weld fy nghneithar ydw i … rhag iti feddwl fy mod i – nac Elis chwaith, o ran hynny – wedi dŵad yn unswydd i edrach amdanat *ti*!'

'Chwara teg ichi,' medda finna. 'Mewn lle fel hyn ma rhywun yn gallu gwerthfawrogi ffrindia-go-iawn.' Y gobaith oedd ei gwywo hi efo gwawd. Roedd gen i flys mynd dri cham ymhellach na hynny hefyd a deud mod i'n licio'r blŵ-rùns yn ei gwallt hi; ei fod o'n gneud i'w phen hi edrach fel gola ar do car plusman. Ond go brin y basa hynny, chwaith, yn ei thaflu hi oddi ar ei hechal oherwydd mae gan Magi-paid-â-deud groen tewach hyd yn oed na Musus Rheinosorys yn Sŵ Caer.

'Ia,' medda hi eto. 'Yn Bi Bêi ma hi.'

Finna'n gwenu wrth i syniad gwirion fy nharo. Tasa gynnon ni un bêi arall yma, yn Ward Glasddwr, I-bêi fasa hwnnw ac mi fasa ni wedyn yn câl prynu a gwerthu petha ar yr Intyrnet.

'Wel? Sut wyt ti, ta? Yn well, gobeithio?'

Gofyn er mwyn gofyn ma hi; dwi'n gwbod hynny. Y cwbwl ma Magi isho ydi câl mynd 'nôl i Lanlleidiog heno i ddeud wrth bawb a phopath 'Mi fuodd Elis a finna'n gweld Wili Bach Saer yn Sbyty Penrhos pnawn 'ma. Ddim yn licio'i olwg o, o gwbwl, cofiwch! Gwedd y ddaear arno fo! Lliw y pridd! Rhwbath mawr yn bod arno fo, sa chi'n gofyn i mi. Fydd o ddim efo ni'n hir, gewch chi weld … Ond-peidiwch-â-deud-wrth-neb-ma-fi-sy'n-deud-chwaith.'

Tuadd Magi, dach chi'n dallt, ydi rhoi gormod o ffrwyn i'w dychymyg. Yn ôl amball un mwy caredig a mwy Cristnogol na'i gilydd yn Llanlleidiog, cymryd gormod o hyfdra efo'r gwir ma hi, ond i bawb sy'n ei nabod hi, dydi hi'n ddim byd amgenach na mashîn-deud-clwydda. Mewn geiria erill, hen bitsh glwyddog. Ac mi wrandith Elis arni'n palu clwydda am hwn a'r llall o ddydd i ddydd, heb feiddio'i chroesi hi. Ond dyna fo, un felly fuodd 'rhen Elis erioed. Rhyw gradur di-asgwrn-cefn yn crefu am gâl ei drin fel mat-sychu-traed. A Magi-paid-â-deud ydi'r union un i roi ei ddymuniad iddo fo, o'r dwrnod y cytunodd o ar goedd yn Sêt Fawr Capal Bethsaida i'w chymryd hi'n wraig, 'er gwell neu er gwaeth'. Be sy'n drist ydi fod Elis druan yn dal i feddwl ei fod o wedi câl bargan!

Ond wedi deud hynny, mi gafodd o dipyn gwell bargan na Guto Ritsh!

'Da ni'n falch dy fod ti'n well, Wili. Yn tydan, Elis?'

Hwnnw'n nodio'n ufudd.

'…Mi glywist ti fod Lisi Cefna yn câl affêr, ma'n siŵr? Efo Glyn Caffi Pawb yn ôl pob sôn. Ond-paid-â-deud-wrth-neb-ma-fi-sy'n-deud-chwaith.'

Ma'r syndod ar wynab Elis yn deud y cwbwl a dwi'n ei weld o'n sbïo draw ac yn gwthio Polo-mùnt euog i'w geg. Lisi Cefna ydi ffrind penna Magi, wedi'r cyfan.

'Bobol bach! Wyt ti'n siŵr, Magi?' Dwi'n smalio consýrn mawr. 'Ma gwraig Glyn Caffi Pawb yn perthyn imi o bell. Falla y dylwn i gâl gair efo hi.'

Ma nghelwydd i'n gweithio'n well na'i chelwydd hi a dwi'n câl traffarth mygu gwên wrth ei chlywad hi'n cecian ac yn bacpedlo. 'Ym…ym…Clywad wnes i! Dwi'm yn…ym…cofio…ym…rŵan, pwy ddeudodd wrtha i. Peidio sôn gair fasa ora, Wili. Rhag i neb gâl ei frifo'n de? A dwi'm isio i bobol feddwl ma fi ddaru gychwyn sgandal fel'na. Ym…'

Wrth edrych o'i chwmpas ma hi'n amlwg yn chwilio am ffordd o droi'r stori.

'…Does dim golwg rhy dda ar y lleill ma chwaith, oes 'na?'

Y gair *chwaith* sy'n fy mhoeni fi, rŵan.

'…Be sy'n bod ar hwn?'

Llygadu fy nghymydog agosa ma hi.

'Rhwbath mawr yn bod ar ymysgaroedd y cradur, ddeudwn i. Ma'i fol o'n gneud sŵn fel swnami bob hyn a hyn.'

Ac i gadarnhau'r gwirionadd, dyma'r rwmblan yn dechra eto.

'…Glywi di?'

Ydi, ma hi'n gwrando ac anodd rŵan ydi ail-greu mewn geiria y sŵn gwawdlyd sy'n dengyd trwy'i gwefusa main hi. 'Nid o'i fol o ma'r sŵn yn dŵad, siŵr Dduw, ond o'r fatras. Ma gynno fo fatras sbeshal sy'n symud ohoni'i hun weithia, rhag iddo fo gael bed-sôrs a phetha felly. Sŵn honno ti'n glywad, y diawl gwirion!'

Dwn im be sy waetha, dirmyg Magi ta'r wên smârmi ar wynab Elis, ei gŵr hi.

'…Gyda llaw, ma Tomi Tŷ Fynwant wedi marw'n sydyn neithiwr.'

A chyn imi gâl dangos syndod na diddordab proffesiynol ma hi'n brysho i roi halan ar friw nad oedd yno, eiliad yn ôl.

'…Cohen an' Sŷns o Lanstwffwl sy'n gneud yr arch. Canmol mawr i'w gwaith nhw, glywis i. Defnyddio dim byd ond y sdwff gora. Eu hamdos nhw'n werth eu gweld, ma'n debyg. Ac mae'u tshapl-of-rest nhw fel palas yn union! Carpad coch ar lawr, goleuada bach coch yn y sîling, cyrtans coch ar y ffenestri…'

'Swnio'n debycach i balas yn Uffarn, sa ti'n gofyn i mi!' Dyna dwi isho'i ddeud ond cau ceg sydd ora rhag iddi hi feddwl mod i'n gwenwyno. Ond ma'r hen sguthan yn gwbod yn iawn be ma hi'n neud, wrth gwrs. Ma hi'n gwbod ma fi sydd wedi bod yn gneud eirch yn Llanlleidiog erioed, a Taid o 'mlaen i. Ma hi'n gwbod o'r gora hefyd nad oes gen i ddim tshapl-of-rest ond mod i weithia, pan ma'r angan yn codi, yn cadw amball gorff yn y gweithdy dros nos. Go brin bod fan'no'n haeddu'r enw 'palas', wrth gwrs. Na 'tshapl-of-rest' chwaith, 'tai'n dod i hynny!

Sut bynnag, o feddwl bod Tomi Tŷ Fynwant a finna yn Ysgol Sentral efo'n gilydd, slawar dydd, a'i fod o felly wedi clywad Wali Wd yn canmol fy joints i i'r cymyla, dwi'n synnu rŵan ei fod o wedi bod mor uffernol o ddifeddwl â rhoi'r contract i rywun arall ei gladdu o.

'Dyna fel y bydd hi rŵan, wrth gwrs…'

Ma Magi'n troi'r gyllall fel ta hi'n cael ei thalu am neud!

'…Go brin y byddi di'n ailgydio yn y busnas, a chditha mor fregus dy iechyd ac wedi hen basio Oed yr Addewid. Ond dyna fo! Ma isho rhoi cyfla i waed newydd yn does? Fel'na ma hi yn yr hen fyd 'ma, Wili Bach. Fel ma un drws yn cau, ma un arall yn siŵr Dduw o agor yn rhwla arall, wysti…'

Aclwy maw! Mwya sydyn, ma hi'n swnio'n debycach i Bŷrtrand Rŷsel nag i Magi-paid-â-deud.

'…Ma na rywun yn dŵad i fesur pawb, weldi.'

Elis, ei gŵr hi, yn nodio'i ben i gytuno, sy'n fy ngwylltio i fwya!

Ar ôl te, mi gafodd Moses fusutyr arall. Cythral o foi mawr – sics ffwt ffaif, o leia, yn nhraed ei sana – mewn côt laes, is na'i benglinia, a honno'n sgleinio'n ddu fel sgidia dawnsio Ffred Astêr.

Ro'n i'n ista ar erchwyn gwely Llanrwsutrwsut ar y pryd, yn câl dipyn bach o help efo'r îsi croswyrd, pan syrthiodd cysgod droson ni, fel rhwbath allan o ffulm Alffred Hitshcoc.

'Be uffar ydi hwn?' medda Rwsutrwsut, yn sbio i fyny ar yr hwdwch du oedd wedi dŵad i sefyll rhyngon ni a'r ffenast. 'Mi feddylis am funud, wir Dduw, bod na îclups wedi digwydd.'

'Diffyg ar yr haul,' medda finna, o barch i Wili Welsh. 'Mae o'n debyg i…' Ond fedrwn i ddim meddwl am gymhariaeth ddigon teilwng.

'I Glogwyn Du'r Arddu, sa ti'n gofyn i mi.'

'Rhaid ma gwnidog ydi ynta hefyd, sti, neu fasa fo ddim yn câl dŵad i mewn yma rhwng dau fusuting.'

'Be ti'n feddwl?'

'Ma gweinidogion yn câl mynd a dŵad fel fyd fynnan nhw yn y lle ma,' medda fi eto, yn ddoeth i gyd.

Rhaid bod y wybodaeth yma'n newydd i Rwsutrwsut. 'Pam hynny?' medda fo. 'Oes gynnyn nhw sîsyn ticet, ta be?'

'Rhwbath felly,' medda finna. 'Wyst ti be? Mae o'n f'atgoffa fi o rywun neu'i gilydd, ond fedra i yn fy myw â meddwl pwy.'

Ei wallt o oedd yn tynnu sylw; hwnnw'n llaes ac wedi'i gribo'n ôl dros y clustia. Yna, yr eiliad nesa, fe gês gythral o sioc wrth i'r cawr droi ac imi gâl cip ar ei wynab o.

'Tarsan!' medda fi.

'Tarsan?' medda Rwsutrwsut yn wawdlyd o ddi-ddallt. 'Welis i rioed Tarsan yn swingio o goedan i goedan mewn côt fawr fel'na. Tebycach i Batman neu Draciwla, sa ti'n gofyn i mi.'

'Ond sbia!' medda finna. 'Mae o'n sbùting-imèj o Joni Weismwlyr. Hwnnw oedd y Tarsan go iawn, sti! Roedd hwnnw'n medru cwffio llewod a chrocodeils, a deud wrth eliffantod a tshimpansîs be i neud.'

'Be sy'n sbeshal am hynny?' medda fo, a'r sŵn gwamal yn dal yn ei lais. 'Os ma gwnidog ydi hwn, yna ma fynta hefyd yn siarad efo mwncis bob dydd Sul.'

Dydw i ddim yn ddyn capal ond ro'n i'n teimlo bod Rwsutrwsut wedi mynd ôfyr-ddy-top rŵan. 'Watsha di!' medda fi'n rhybuddiol, yn dynwarad llais Nain, slawar dydd. 'Watsha di rhag iti ddwyn barn arnat dy hun!'

'Ar-fenaid-i!' medda fo. 'Petha fel'na oedd Nain yn arfar ddeud, stalwm! A sbia be ddigwyddodd iddi hi!'

'Be?' medda finna, mewn anwybodaeth.

'Câl ei gyrru i seilam am ddeud petha gwirion.'

Cau ceg wnes i wedyn, oherwydd ma'n gythral o job câl y gair ola ar Rwsutrwsut. Fel trio dal sliwan mewn dŵr sebon. Yn ei flaen yr âth o, beth bynnag.

'…Sbia'r fantais sgyn hwn dros bregethwrs erill.'

'Be ti feddwl?'

'Mae o mor dal fel does gynno fo ddim angan pulpud. A synnwn i ddim, sti, nad fo a gafodd y job.'

'Pa job?' medda finna'n ddiniwad i gyd.

'Y job gan y Bod Mawr…'

'Y?'

'Y job o newid y lleuad, bob mis.'

Mi ês i orwadd ar fy ngwely yn reit sydyn wedyn rhag i Rwsutrwsut ddwyn barn arna inna hefyd. Wedi'r cyfan, dwi mewn digon o bicil efo'r Hollalluog fel ma hi.

Mwy o freuddwydio ac o hel atgofion

'Ti'n troi'r nos yn ddydd, fel yr hen Wini Bonc, ers talwm.' Dyna fasa Nain yn ddeud 'tai hi yma rŵan.

Ar ôl i honno – Wini nid Nain – fynd yn hen a ffwndrus, mi fydda hi'n cysgu trwy'r dydd ac yna, pan oedd pawb call yn eu gwlâu yn chwyrnu'i hochor hi, mi fydda hi'n crwydro strydoedd Llanlleidiog yn ei choban wen a'i slipars ac yn cario cannwyll egwan yn ei llaw. Bryd hynny, roedd gola'r stryd yn câl ei ddiffodd am naw o'r gloch ac mi fydda pob man yn ddu fel y fagddu wedyn. Fe gafodd amal i hen feddwyn, ar ei ffordd adra'n chwil gaib o'r Cross Keys a'r King's Head, ffatan farwol bron wrth i Wini ymrithio, fel

ysbryd Mari'r Fantell Wen, o'r twllwch o'i flaen ac – yn ôl
Nain beth bynnag – ddaru'r un ohonyn nhw lychu'i big yn yr
un dafarn byth wedyn.

Un dda oedd Nain am adrodd straeon fel'na, a defnyddio
geiria fel *ymrithio* ac *egwan* a *fagddu,* i nychryn i pan o'n i'n
hogyn bach. Ond rhag ichi feddwl mod inna hefyd yn dechra
ffwndro fel Wini Bonc, ac yn crwydro Si Bêi mewn pyjamas
gwyn er mwyn codi ofn ar Moses a'r Mejyr a'r lleill, gadwch
imi dawelu'ch dychymyg chi'n syth. Yr unig debygrwydd
rhyngdda i a Wini ydi fy mod inna'n câl rhywfaint o draffarth
cysgu'r nos ac felly'n gorfod cymryd amball hepan yn ystod
y dydd. Yn ôl Llanrwsutrwsut, y ffaith mod i'n cysgu cymint
yn ystod y dydd sy'n peri mod i'n methu cysgu'r nos ond ma
Moses, wedyn, yn deud rhwbath hollol groes, sef mod i'n
cysgu yn y dydd oherwydd mod i'n colli cwsg yn y nos. Ma
hi'n broblam ddyrys, beth bynnag. Ond mi ddeuda i gymaint
â hyn – erbyn heddiw ma gen i lot o gydymdeimlad efo'r hen
Wini Bonc.

Er fod y chwrnu a'r pwmpio wedi nghadw fi'n effro eto
neithiwr, rhaid mod i wedi cysgu rhywfaint oherwydd
mi ges freuddwyd. Gweld Moses – Moses Si Bêi nid yr un
Beiblaidd – yn stryglo'i ffordd i lawr o Fynydd Seinai, o dan
bwysa'r Deg Gorchymyn, yn gwisgo'i byjamas streips ac efo'i
bidlan yn dengyd eto fyth. Ond nid lympia cerrig oedd gynno
fo yn ei freichia ond rhwbath trymach o lawar. Fedrwn i ddim
credu fy llygid breuddwydiol fy hun! Fedrwn i neud dim byd
ond rhyfeddu'n gegrwth oherwydd, heb gymorth neb ac ar
ben ei hun bach, roedd Moses yn cario…Ia, yn cario copi o
Feibil Pîtar! Ac yna, wedi cyrradd troed Mynydd Seinai, be
oedd yn ei dderbyn o yn fan'no ond lwmp mawr o aur melyn

ar siâp y Sffincs, efo corff bwldog a gwynab dyn. Ond nid gwynab Ffaro oedd ar hwn, fel ag ar y Sffincs-go-iawn, ond gwynab Tshyrtshil, a hwnnw'n codi dau fys ar bawb! A phwy oedd yn hopian o'i gwmpas o ar un goes ac yn ein hordro ni'r Cymry i benlinio o flaen y lwmp aur ond Mêt Monti! Fel y medrwch chi ddychmygu, mi âth yr hen Mos yn balistig pan welodd o hynny. Mi agorodd y Beibil Mawr a dechra darllan y Gorchmynion dros bob man, yn ei lais *A OES HEDDWCH?* 'Na wna iti ddelw gerfiedig ar ffurf llo na sffincs!' Dyna oedd o'n weiddi. Ond am nad oedd neb ond fi yn cymryd unrhyw sylw, mi wylltiodd fwy fyth ac, efo'i fysls yn byljo a'i dafod a gweddill ei dacl yn hongian allan, dyma fo'n rhwygo Beibil Pîtar yn ddau, mor hawdd â phetai hwnnw'n ddim byd mwy na llyfr rhifa ffôn. Yna, gan fwmblan rhwbath tebyg i 'Wel-ffwcio-chi-gyd-tar-bastads!', off â fo am Wlad yr Addewid ar ben ei hun bach.

Ia, petha rhyfadd ydi breuddwydion. Sut bynnag, mi ddeffris wedyn ac er nad o'n i wedi cysgu mwy na rhyw ddeng munud, ro'n i fel y gog unwaith eto. Felly, i dreulio'r amsar, mi ddechreuis chwara gêm fach yn y twllwch. 'Gan fod gorchmynion Mynydd Seinai mor hen ffasiwn ac owt-o-dêt erbyn heddiw,' medda fi wrtha fy hun, 'a neb yn cymryd unrhyw sylw ohonyn nhw, yna be am imi feddwl am rai newydd sbon, mwy perthnasol i'r oes sydd ohoni?' A dyna fues i'n neud wedyn, am oria. Meddwl am fy neg gorchymyn fy hun. A dod o hyd i dipyn mwy na hynny, ichi gâl dallt! Dydw i ddim wedi'u gosod nhw mewn unrhyw drefn arbennig, cofiwch – am eu bod nhw i gyd mor bwysig â'i gilydd, am wn i – ond dyma nhw ichi:

- Na weddïa ar Dduw ond pan wyt ti'n despyrét.
- Na ladd lwynog na mochyn daear na dim byd oll ar bedair coes, ond gwna fel fyd a fynni di efo pobol.
- Helpa dy hun i eiddo dy gymydog oherwydd dyna a wna ef gydag eiddo pawb arall. (Sel-ar-y-sgrownj, er enghraifft!)
- Helpa dy hun i wraig dy gymydog os ydi hi'n beth dinboeth oherwydd mae peth felly'n ffasiyniol iawn heddiw. (Siwsi Guto Ritsh oedd yn dod i'r meddwl yn fan'na!)
- Na phrioda mewn capal nac eglwys oherwydd nid yw hynny'n cŵl yng ngolwg y byd.
- Na phrioda o gwbwl, os gelli beidio, oherwydd mae mwy o fanteision a budd-daliadau i'w cael o fyw tali.
- Na theimla reidrwydd i fod yn onest a geirwir efo cythral o neb, oni bai bod mantais bersonol yn deillio o hynny.
- Na ddal dy drwyn ar y maen yn rhy hir rhag torri rheolau'r Undeb neu beryglu dy fudd-daliadau.
- Na fagla dros dy draed dy hun a thorri braich neu goes heb hefyd ruthro i hawlio iawndal anrhydeddus am dy anlwc.
- Na wylia deledu heb fod gennyt drwydded gyfredol canys y mae peth felly'n drosedd enfawr yn erbyn y duwiau.
- Na pharcia dy gar heb dalu'n anrhydeddus am ei le.
- Na chwytha fwg yn gyhoeddus, yn enwedig os wyt aelod o Gabinet y Cynulliad.
- Na fentra i ogledd Cymru efo dy gar os oes natur spîdio ynot.
- Ar boen dy fywyd, na cheisia dwyllo'r Dyn Tàcs.
- Na or-lenwa dy fùn sbwriel.

- Na ro dy galon ar brynu tŷ os nad wyt filiynêr, ac na chwennych dŷ dy gymydog os nad wyt am etifeddu ei forgej yn ogystal.
- Na ddisgwyl i blismon ddelio efo dy broblemau di, byth.

ac yn ola –

- Na foed iti blygu glin gerbron duwiau eraill...ac eithrio'r canlynol:
  i. Cwîn Lloegar a'i thylwyth.
  ii. Gwleidyddion gyda thafodau llithrig sy'n arbenigo ar droi pob dŵr i'w melinau eu hunain.
  iii. Enillwyr *Big Brother, X Factor a Strictly Come Dancing.*
  iv. Y rhai a wnaeth ffortiwn trwy dwyll a lladrad ac sydd bellach yn arwyr ffulmia a chyfresi teledu.
  v. Grwpiau pop sy'n canu rwtsh ac sydd ar ddrygs ac yn gallu rhegi'n well na neb.
  vi. Arbenigwyr ar gicio pêl o unrhyw fath, cyn belled â'u bod nhw'n gwisgo crysau gwynion.
  vii. Mawrion Hollywood sydd wedi dioddef *facelifts, liposuction, botox* a *detox* a phob math arall o *tox* a *pox.*

Mi allwn fod wedi dal ati, ma'n siŵr, ond roedd hi'n hannar awr wedi chwech erbyn hynny ac yn amsar i bawb arall ddeffro i gâl eu molchi a'u twtio a gwagio'u pledrenni plastig ac ati.

'Mi flinist ar y *Manchester Guardian* yn sydyn ar y diawl!'

Ma Rwsutrwsut yn medru bod yn rhy fusneslyd weithia.

'...Be oedd, 'lly? Methu gneud y croswŷrd na'r swdocw yn hwnnw, chwaith?'

Ac yn rhy graff o beth uffar, hefyd, er ei les!

'Ym…na…ym…ma'n well gen i Ddail y Post, a deud y gwir. Efyrtyn ydi nhîm i, ti'n gweld, a dwi…' Dwi'm yn trafferthu gorffan y frawddag oherwydd mae o'n dallt y rhesymeg, siawns. 'Sut bynnag,' medda fi, ond efo nhafod yn fy moch, rŵan, 'dwi'n licio darllan trwy'r Deths bob dydd i weld pwy sydd wedi marw…'

'Ar-fenaid-i!' medda fynta ar fy nhraws, yn methu ffrwyno'i ffraethinab plentynnaidd. 'Be arall ti'n ddisgwyl gâl yn y Deths? Enwa pawb sydd wedi câl eu geni neu sydd wedi priodi?'

Dwi'n gneud fy ngora i anwybyddu'i wamalrwydd o…wedi'r cyfan, does dim disgwyl iddo fo ddallt fy niddordab proffesiynol i mewn petha fel'na…ac yn trio bod yn ddigri fy hun. 'Y peth cynta fydda i'n neud cyn codi o ngwely bob bora ydi edrach trwy'r Deths…' Chwerthiniad bach gen i yn fan'na, i'w baratoi o am y jôc – '…ac os nad ydi f'enw i yno, yna dwi'n codi i neud brecwast.'

Hyd yn oed os ydi'r jôc yn hen a bod yr uffar wedi'i chlywad hi o'r blaen, mi fedra fo fentro gwenu.

'Hen lanc wyt ti, medda *chdi*!'

'Ia,' medda finna. 'Be sgin hynny i neud â'r peth?'

'Oes gen ti ffansi ŵman yn cysgu efo chdi?'

'Aclwy maw! Nagoes, siŵr!' Mi fasa Nain yn fy llindagu i am ganiatáu'r fath beth, tasa hi'n dal yma! 'Pam ti'n gofyn, beth bynnag?'

'Oes gen ti cêryr, ta? Rhywun sy'n dod i wisgo amdanat ti yn y bora ac i neud panad iti yn dy wely, a phetha felly.'

'Uffan dân, nagoes! Dwi'n ddigon tebol i neud petha felly drostaf fy hun. Be ddiawl ti'n feddwl ydw i?'

'Jyst meddwl o'n i,' medda fo'n sychlyd, 'os mai dim ond chdi sydd yn y tŷ, yna pwy gythral sy'n dŵad â'r *Daily Post* i fyny iti bob bora?'

Mi ges inna gardyn *'Get Well Soon'* drwy'r post heddiw. 'Wili Bach from Llanlleidiog, C Bay, Glasddwr Wôrd, Penrhos Hospitol'. Dyna'r cwbwl oedd ar yr amlen, a hynny mewn llawysgrifan-traed-brain! Ond mi ffeindiodd ei ffordd yma, serch hynny, chwara teg i'r Roial Mêl!

Os ddeuda i wrthach chi mai cwningan binc yn ista i fyny mewn gwely pinc ac yn darllan llyfr-genod-bach ydi'r llun ar y cardyn, ac mai'r negas tu mewn ydi 'Gobeithio y cei di atgyfodiad cyn bo hir. Oddi wrth dy hen gyfaill Gruffudd Richard', mi fyddwch chi'n gwbod o'r gora pwy a'i gyrrodd o. Y blydi Guto Ritsh na, wrth gwrs! A'r gair *atgyfodiad* cystal ag awgrymu mod i'n farw gorn cyn dŵad i Sbyty Penrhos ma erioed!

Sut bynnag, ar ôl imi agor yr amlen a darllan y negas, rhaid bod Llanrwsutrwsut wedi nghlywad i'n gneud sŵn chwrnu o dan fy ngwynt.

'Cardyn gan y wraig, ia?'

'Nage. Sgin i'm gwraig.' Fel y gwyddost ti'n iawn, y cythral!

'Gan un o'r teulu, ta?'

'Nage. Sgin i'm teulu.'

'Gan gyfaill, felly?' Moses oedd rŵan yn rhoi ei big i mewn!

Doedd gen i ddim dewis wedyn ond trio gneud jôc fach o'r peth a dangos y cardyn iddyn nhw. 'Ffrind!' medda fi, fel petai hynny'n egluro'r cyfan.

'*Atgyfodiad*?' medda Rwsutrwsut, a chwerthin dros y lle. '*Adfywiad* ma'r diawl gwirion yn feddwl, ma'n siŵr.'

'*Adferiad* yn nes ati, ddwedwn i,' medda Moses, a rhoi'r argraff am unwaith mai fo oedd y calla ohonon ni.

Dwn i'm pam, ond gwell gen i awgrym Llanrwsutrwsut, rwsut. Gwell sŵn i'r gair yn un peth! Gair arall am *mendio* yn unig ydi *adferiad* ond mae *adfywiad* yn awgrymu rhwbath tipyn amgenach. Dach chi'm yn meddwl? Ac ma un peth yn siŵr, mi fydda i angan mwy nag *adferiad* i grafu musnas yn ôl oddi wrth Cohen an' Sŷns, Llanstwffwl. Mi fydda i angan *adfywiad,* o leia!

Fy nghamgymeriad nesa oedd crybwyll wrthyn nhw fy mhroblem efo Cohen an' Sŷns oherwydd chafodd fy nghŵyn i ddim math o glust gan Rwsutrwsut a'r unig beth a ddeudodd y llall, mewn llais pregethwrol, oedd 'Gadewch i'r meirw gladdu eu meirw', yn union fel 'tai o'n deud rhwbath oedd yn gneud sens. *'Lle uffar fasa hynny'n fy ngadal i, fel yndyrtêcyr?'* Dyna o'n i isho'i ofyn. Ond, o gofio am *'atgyfodiad'* Guto Ritsh a *'ffaiyring-lain'* Llanrwsutrwsut, fe benderfynis i gau ngheg.

'Tria di weld dy hun fel ma pobol erill yn dy weld di...'

Pregath Nain oedd hon'na, stalwm! Ond pan ddeudis i hynny wrth Guto Ritsh, rywdro, wyddoch chi be ddeudodd hwnnw? 'Be? Ffôr-ffwt-sics, pen moel a thindrwm?' A hynny er ei fod o'n gwbod o'r gora mod i'n ffaif-ffwt-wán-and-e-hâff! Ond dyna fo! Hen sinach gwamal fuodd Guto Ritsh erioed.

'...er mwyn iti gâl edrach yn ôl ar dy fywyd gyda balchder pan fyddi di'n hen.'

Do, dwi wedi trio cadw cyngor Nain mewn co gydol fy mywyd ac ma'n braf gallu edrach yn ôl rŵan wrth heneiddio a dal fy mhen yn uchal, waeth be ma Guto Ritsh a Magipaid-â-deud ac amball un arall yn ei balu amdana i. Dwi wedi gweithio'n galad gydol f'oes ac wedi claddu cannoedd o drigolion Llanlleidiog heb air o gŵyn gan neb erioed.

Mae amball arch ac amball gnebrwn yn dod i gof yn glir iawn imi, rŵan. Un Moi Mochyn, er enghraifft! Duw a wŷr sut y ces i arch hwnnw i lawr o'r llofft, efo Moi – naintîn stôn, plŷs ei fudreddi – i mewn ynddi. Ei gollwng hi'n ara deg ar raff fu'n rhaid imi, beth bynnag, a gadal iddi sleidio fel slej i waelod y grisia. Petai'r rhaff wedi torri, Duw a wŷr be fasa wedi digwydd. Mi fasa Moi a'i arch wedi saethu allan fel gwennol gwehydd drwy'r drws ffrynt, i lawr llwybyr yr ardd ac yn syth ar draws y ffordd i afon Leidiog. A gan fod honno ac afon Lwyd yn dod at ei gilydd mewn lli mawr ar y pryd, ma'n debyg mai berial-at-sî fasa'r hen Moi wedi'i gâl yn y diwadd, er gwaetha'i ddiffyg cariad at ddŵr. Mi alla i ddeud, hefyd, mai cnebrwn Moi ydi'r unig un erioed lle bu'n rhaid imi gâl tîm o risŷrfs i gario'r arch. Gan na ellid mynd â'r hers yn nes na chanllath at y bedd, ro'n i'n gorfod cadw llygad barcud ar aeloda'r tîm cynta, i benderfynu pryd roedd angan rhoi sybstitiwts ymlaen wrth iddyn nhw ddiffygio o un i un. Ac er ma fi sy'n deud hynny rŵan, fedrai manejyr Efyrtyn ei hun ddim bod wedi gneud gwell job ohoni.

Os oedd arch a chnebrwn Moi yn hunlla, roedd arch a chnebrwn Bob Polyn Lein yn llawn cymaint o jalenj, hefyd. Nid lled a phwysa'r arch oedd y broblem efo fo ond ei hyd hi, oherwydd Bob ydi'r corff tala a'r cula imi orfod ei ddilladu a'i gladdu erioed. Sics-ffwt-nain yn nhraed ei sana ac yn dena fel styllan neu nodwydd teiliwr! Mi fu'n rhaid câl amdo mêd-tw-meshyr iddo fo, yn un peth, a'r unig obaith o gâl yr arch i mewn ac allan wedyn o'r tŷ oedd trwy ffenast y parlwr. Wna i ddim deud sut y cês i Bob i lawr o'r llofft ac i mewn i'w arch oherwydd stori arall ydi honno! A dyna'r unig gnebrwn erioed lle bu'n rhaid gadal drws cefn yr hers ar agor a gosod fflag goch ar draed yr arch, yn rhybudd rhag i'r car tu ôl, y car claddu, ddod yn rhy agos.

Mi allwn i fynd ymlaen i sôn am gnebryna rhai fel Eirlys Snôdrop a Fictoria-ar-y-thrôn, ond wna i ddim. Wedi'r cyfan, mae isho parchu'r meirw. Ond mi alla i gadarnhau, serch hynny, bod y stori am Citi-ceg-watsh yn berffaith wir, sef mod i wedi'i chlywad hi'n clebran yn ei harch, chydig funuda cyn i'r ficar gychwyn ar y gwasanath angladdol. Mi gês gymint o ddychryn nes imi agor y caead i neud yn siŵr ond roedd hi'n dal mor oer â thalp o rew, diolch i Dduw. Roedd Citi wedi gadal y fuchedd hon efo gwên fach annwyl ar ei gwefus ac efo'i llygid yn llydan agorad ac ro'n inna, er gneud fy ngora, wedi methu'n lân â'u cau nhw'n barhaol. Peth felly'n digwydd weithia, wyddoch chi. Sut bynnag, pan agoris yr arch roedd pob dim yn union fel ag y dyla fo fod – y llygid agorad a'r wên – a rheini wedi eu rhewi yno am byth. Ond mi daera i hyd Ddydd y Farn fod Citi, wrth imi roi'r caead yn ôl drosti, wedi rhoi winc fach slei arna i! Cystal â deud, am wn i, ei bod hi'n fodlon efo steil ei hamdo ac efo dyftêl joints ei harch.

Ydi, ma'n gysur gwbod, heddiw, wrth edrach yn ôl, fod pob un o nghwsmeriaid i wedi câl ei blesio. Ac os mai 'ffôr-ffwt-sics, pen moel a thindrwm' ydw i yng ngolwg Guto Ritsh a gweddill y byd, ma'r hen wraig fy nain, ar y llaw arall, yn siŵr o fod yn browd iawn ohono' i, heddiw, ac yn torsythu mwy na neb yng nghanol y llu nefol.

Mi ddôth y doctor du a'i giang o gwmpas rywbryd ganol pnawn ond y Mêjyr a gafodd y sylw i gyd ganddyn nhw, a hynny – *swish swiiiish* – tu ôl i gyrtans melyn. Yn fuan wedyn, mi gyrhaeddodd Llanfairpwll a Llanfairfechan a phan gafodd y cyrtans eu hagor eto – *swiiiish swish* – roedd yr hen foi yn rhydd o'i beipia i gyd ac yn ista'n ddel yn ei gadar, yn ei ddillad-bob-dydd.

'Ma'r diawl lwcus yn câl mynd adra,' medda fi wrtha fy hun ac mi allwn i ddeud bod Llanrwsutrwsut yn gwenwyno hefyd, am yr un rheswm.

Rhyw awr a hannar yn ddiweddarach, pwy gyrhaeddodd ond y Cochyn ei hun, yn cael ei dynnu, sa chi feddwl, gan gadair-olwyn wag. Mi daflodd gip tuag ata i wrth basho a dwi'n shŵr imi weld llygedyn o adnabyddiaeth yn neidio i'w lygad o, ond ddeudodd o'r un gair. Fuodd o fawr o dro wedyn yn llwytho'r Mejyr i'r sbîd-mashîn a phrin y cafodd hwnnw gyfla i godi'i law ar Mêt Monti nad oedd y jî-ffôrs yn ei wthio fo'n ôl yn erbyn cefn y gadar.

'Gwd-bei, Mêjyr!' medda fi'n drist, fel tawn i'n ffarwelio â hen gyfaill am y tro ola, ond roedd llygid llonydd yr hen gradur wedi'u hoelio ar ryw wynfyd pell a throdd o mo'i ben o gwbwl i edrach arna i.

Yna, yn sydyn ac yn union fel 'tai o newydd gofio rhwbath pwysig, dyma'r dreifar, sef Styrling y porteriaid, yn rhoi'i droed ar y brêc, a bu ond y dim i arwr Brij-ôfyr-ddy-rufyr-cwâi rowlio allan o Si Bêi o dan ei bwysa'i hun ac yn ddi-gadar-olwyn, heb i'w shôffyr hirgoes hyd yn oed sylweddoli mor gyfyng fu'r ddihangfa. 'O lle…?' medda Cochyn gan bwyntio bys dramatig tuag ata i a gneud sioe o bwysleisio lleoliad cywir yr arddodiad.

Finna'n gwenu'n ôl ac yn meddwl mor prowd fasa Wili Welsh ohona i, rŵan.

'*O* lle...?' medda fo eto, ond efo mwy fyth o orchest yn ei lais. Ac yna, i neud yn berffaith siŵr mod i'n gwerthfawrogi ei gystrawen, dyma bwysleisio am y trydydd tro, a'r cwestiwn yn gyflawn y tro yma, '*O* lle ti'n dod o?'

'O wel!' medda fi wrtha fy hun. 'O leia mae o wedi dysgu hannar y wers!'

'Doedd y doctor ddim mewn hwylia rhy dda pnawn ma, Llangaffo.'

'Pam dach chi'n deud hynny?'

'Y peth lleia allsa fo'i neud fasa dod i gâl gair efo fi ynglŷn â'r llun-tu-mewn.'

'Llun tu mewn? Dwi'm yn dallt be sgynnoch chi, rŵan, Mustyr Jôs.'

'Wel y llun em-ô-tî a gafodd ei dynnu yn y twnnal cyfyng na.'

Chwerthin nâth Llangaffo wedyn. 'Yr em-âr-ai dach chi'n feddwl?'

'Ia. Hwnnw!'

'Roedd Doctor Mendioti wedi disgwyl i'r canlyniada ddod yn ôl heddiw ond ddaethon nhw ddim. Roedd o'n flin ofnadwy ynglŷn â'r peth. Mi fyddan nhw yma erbyn fory, siawns.'

'A siawns y ca inna fynd adra, wedyn, fel y Mêjyr.'

Pan ddeudis i hynny, mi ddôth na olwg reit ddifrifol dros ei gwynab hi.

'Drws-y-coed ydi'i *adra* fo ers blynyddoedd, Mustyr Jôs. Cartra hen bobol! Fydd dim angan i *chi* fynd i le felly, gobeithio.'

Mi gês fy sobri gan y wybodaeth ac, ar ôl cyfri fy mendithion deirgwaith, ro'n i'n teimlo'n fwy bodlon fy myd.

'Te ta coffi gymrwch chi, Mustyr Jôs?'

Mi ddaru mi synhwyro'r newid yn Llangristiolus yn syth. Nid yn unig ei bod hi mor wengar ac mor annwyl ag erioed ond roedd na ryw ddireidi wedi magu ynddi hi hefyd, rŵan.

'...Ac os byhafiwch chi, falla y cewch chi fisged gen i hefyd. Un jocled!'

O weld Llanfair Màth-rhwbath-neu'i-gilydd yn ymuno yn y giglan, dyma fi'n penderfynu tynnu coes y ddwy. 'Be di'r gyfrinach?' medda fi. 'Dydach chi ddim wedi bod mewn rhyw gongol dywyll yn swshan efo'r doctoriaid, gobeithio?'

Chwerthin nâth Llanfair Math. 'Dach chi'n gynnas!' medda hi, fel taen ni'n chwara gêm-gêsho.

Cochi at ei chlustia ond dal i wenu nâth Llangristiolus.

'Un o'r mêl-nyrsys, ta?'

'Dach chi'n poethi, Mustyr Jôs!'

Mwy o giglan.

'Boi ambiwlans, felly!' medda fi, efo mwy o argyhoeddiad.

Dim ond gwên fach swil mewn gwynab piws oedd Llangristiolus erbyn rŵan, tra bod Llanfair Math, ar y llaw arall, fel 'tai hi'n actio Sùla Blac yn *Blaind Dêt*. 'Naaa-ge,' medda hi, a giglan eto.

'Gif-ỳp!' me finna a gwenu'n annwyl ar y ddwy.

'Newydd neud dêt ma hi!' medda Sùla, a nodio'i phen i gyfeiriad Llangristiolus. 'At heno!'

'Oooo!' medda finna'n chwareus, o weld bod hyd yn oed clustia a blaen trwyn Llangristiolus yn gwrido erbyn rŵan. 'Mynd i'r picjiwrs, ma'n siŵr?'

'Nage. Ma hi'n câl mynd am sbùn i Benllach…ar y moto-beic newydd.'

'Os gwn i pwy ydi'r boi lwcus?' me finna.

O gâl dim atab call y tro yma, chwaith, ac o gofio câl fy sodro yn erbyn giât Steshon Fach gan Magi Tŷ Pwdin, stalwm, dyma fentro cynnig cyngor i Llangristiolus, 'Paid â gneud dim byd na faswn i'n ei neud.'

Mi ffrwydrodd y ddwy mewn storm o chwerthin wedyn a sgrialu efo'u troli-te-neu-goffi-*tî-or-coffi* allan i'r coridor, yn syth i wynab Nyrs Las Tywyll oedd yn sbio dagỳrs arnyn nhw.

Cyn nos, mi ddôth rhywun newydd i hawlio gwely gwag Si Thrî. Cymro Cymraeg o rwla o'r enw Llansadwrn.

'Pam Llan*sadwrn*?' medda fi wrtha fy hun. 'Pam ddim Llan-*Dydd-Gwenar* neu Lan-*Dydd-Sul*!' Ond be dach chi'n ddisgwyl yn de? Sir Fôn eto!

Dydi hwn ddim hannar cymaint o jentlman â'r hen fêjyr, beth bynnag. Rêl snwlyn, a deud y gwir! Syportar Lerpwl, synnwn i ddim!

Dwrnod trist iawn yn fy hanas

Mi ddôth y boen yn ôl yn yr oria mân efo'r fath ffyrnigrwydd nes y bu'n rhaid imi ofyn i'r nyrs – Nyrs Nos Ddiarth – am rwbath i'w leddfu. Fe gysgis, ymhen hir a hwyr…slwmbran yn hytrach…nes câl fy neffro gan *swish swiiish* y cyrtans melyn wrth f'ymyl a'r gola'n dod ymlaen uwchben gwely'r Swnami. Ond er imi glustfeinio ora allwn i ar y sibrwd prysur ac ar sŵn tebyg i sŵn rhywun yn jacio'i gar i newid olwyn ar ôl pyncjar, do'n i fawr callach.

'Newid clwt yr hen fôi, falla!' medda fi wrtha fy hun, ond heb lawar o argyhoeddiad, a thrio ail gydio yn fy nghyntun wrth i'r munuda lusgo heibio.

Swiiish swiiish eto! Fel cyrtans Theatr Fach Llanlleidiog yn agor ar act ola rhwbath trist gan Shêcspiyr. Y gwely – a Swnami ynddo fo – yn gadal Si Bêi ac yn câl ei lyncu gan y tawelwch tu allan, tawelwch a gâi ei dorri bob hyn a hyn gan sbelia o sibrwd a chyffro. 'Ma nhw wedi mynd â fo i'r ciwbicl-dros-ffordd,' medda fi wrtha fy hun, yn ama'r gwaetha am yr hen foi. Yna, rywbryd o fewn yr awr, fe gyrhaeddodd traed diarth a bu rhagor o sibrwd a sŵn cysuro, ac igian dagra hefyd, o'r un lle. Ac mi allwn i daeru mod i'n clywad Côr Meibion Lleidiog yn canu yn y pelltar – 'O mor bêr, yn y man'. Ond dychymyg-canol-nos oedd peth felly'n reit siŵr oherwydd doedd y top tenors ddim yn fflatio. Sut bynnag, rhaid mod i wedi slwmbran unwaith eto oherwydd pan ddeffris i wedyn roedd y gwely-drws-nesa…neu un tebyg iawn iddo fo…yn ôl yn ei le, ond yn wag, a doedd dim angan proffwyd i wbod bod Côr Lleidiog, a'r hen Swnami i'w ganlyn, wedi cyrradd glan y wlad brydferth draw.

'Wel, mae o wedi mynd!' medda Rwsutrwsut.

'Do, yn ystod y nos,' medda finna, a chicio fy hun am ddeud peth mor uffernol o amlwg.

'Mi fydd yn chwith i *mi*,' medda Rwsutrwsut eto, a swnio fel 'tai o'n ei feddwl o. 'Roedd o'n gymydog da.'

'Be? Oedd ynta'n byw yn…?'

'Drws nesa imi!' medda fo ar fy nhraws.

Fel'na ma'r petha Sir Fôn ma, gyda llaw! Mynnu torri ar draws pan ma pobol erill yn siarad. Ond dydi Rwsut-rwsut, chwaith, ddim yn câl pob dim ei ffordd ei hun oherwydd ma Moses yn rhoi ei big ynta i mewn rŵan. 'Dyddiau Dyn…'

'...sydd fel glaswelltyn,' me finna, yn brysio i ailadrodd rhwbath dwi wedi'i glywad gannoedd o weithia cyn heddiw, mewn cnebrynga.

Dwi'n hannar disgwyl i'r hen foi fod yn flin am imi achub y blaen arno ond dydi o ddim. Yn hytrach, mae o'n dechra porthi 'Î-a, îa!', fel y bydda John Amen yn porthi yn Sêt Fawr Capal Gilgal, slawar dydd. 'Fe gawsoch chi ysgol dda, gyfaill,' medda fo wedyn wrtha i, 'gan Fyddin yr Iachawdwriaeth.'

Ond yn hytrach na'i gadal hi yn fan'na, i'r Salfêshyn Armi gâl y clod i gyd, mae o'n codi'i lais yn bregethwrol ac yn ychwanegu'i bwt ei hun, i neud yn siŵr bod yr Hen Gorff hefyd yn gallu hawlio rhywfaint o gredut. 'Pob cnawd sydd wellt a'i holl odidowgrwydd fel blodeuyn y maes. Gwywa y gwelltyn, syrth y blodeuyn, ond gair ein Duw ni a saif byth.'

'Amen,' medda finna, yn ymgolli yn y ddrama.

Ond dwi'm yn meddwl, rwsut, bod gan Rwsutrwsut lawar o fynadd efo'r sgwrs. 'Gwelltyn o ddiawl!' medda fo. 'Coedan oedd Len! Derwan gadarn!'

'Coeden oedd Len! Derwen gadarn!' Dwi'n ailadrodd y geiria mewn iaith sydd shêdan yn fwy barddonol, oherwydd mod i'n ama bod yr hen Rwsutrwsut wedi dod o hyd i awen, mwya sydyn. 'Deudwch i mi!' medda fi, gan droi'n wybodus at Moses. 'Ydi honna'n gynghanedd-ddwbwl-sydd-â-chysylltiad-efo-codiad-o-ryw-fath, deudwch?'

Ond wfftio ma hwnnw ac awgrymu'n wawdlyd bod hyd yn oed Awenfardd Awenog, gynt, yn gwbod mwy am reola Cerdd Dafod na ffàns y *Talwrn* ar Radio Cymru.

'Ti *yn* ei gofio fo'n dwyt?'

Arna i ma Rwsutrwsut yn sbïo.

'Ei gofio fo?' me finna, fel tawn i'n methu credu cwestiwn

mor uffernol o wirion. 'Aclwy maw! Dim ond neithiwr ddaru o'n gadal ni!'

'Ei gofio fo'n chwara, dwi'n feddwl, siŵr Dduw!' medda fo'n fyr-ei-dymar. 'Chwara yn gôl i Wêls yn y naintîn ffortis a'r ffufftis.'

Dwi'n thyndyr-stryc am eiliad. 'Nid … nid *y* Len Morris oedd yn chwara gôl i Wlfs, slawar dydd?'

'Ffuffti sics o gapia i Wêls!' medda Rwsutrwsut yn ei Gymraeg-Sir-Fôn gora, ac yn atab, o ryw fath, i nghwestiwn i.

Fedra i ddeud dim byd rŵan oherwydd ma ngheg i'n llydan agorad. Neu, fel y basa Wili Welsh a Nain yn ddeud, dwi'n 'gegrwth'. A rheswm da pam! Pan o'n i'n hogyn estalwm, Len Morris, gôl-cipar Wlfs a Wêls, oedd f'eilun mwya i ac mi fyddwn i'n breuddwydio bob nos am gâl tyfu i fyny i fod yr un fath â fo, yn gneud pob math o sêfs gwych yn y cỳp-ffeinal yn Wembli. Ond wnes i ddim tyfu, gwaetha'r modd! Ac ma pawb yn gwbod nad ydi dynion bach ddim yn gneud gôlis da, byth. 'CHWARA'N GÔL I WÊLS?' medda Guto Ritsh mewn llais-dros-bob-man, pan ddeudis i wrtho fo am fy mreuddwyd, rywdro. 'Aclwy maw!' medda fo wedyn, a sbio fel 'tai o wedi gweld Dyn y Lleuad. 'Ma hyd yn oed Lleidiog Bêbi Celts isho rhwbath amgenach na mijet yn gôl iddyn nhw.'

Fasa chi byth yn credu, ma'n siŵr, mai Guto Ritsh ydi fy ffrind gora i.

Ond meddyliwch mewn sobrwydd! Nes iddo fo farw gynna, ro'n i wedi bod yn cysgu drws nesa i'r anfarwol Len Morris. Heb hyd yn oed sylweddoli pwy oedd o! Sy'n profi, onide, na fedrwch chi fyth fod yn siŵr pwy di pwy yn yr hen fyd ma, na phwy sy'n rhannu sêt bỳs neu ward sbyty efo chi.

Mae'n hannar awr wedi wyth ac fe ddylai'r dêi-shifft fod wedi dechra ar eu rownds, bellach, ond dal i sefyllian o gwmpas eu desg yn y coridor maen nhw a ma na lot o siarad distaw yn mynd ymlaen a dwi'n ama mod i'n clywad rhywfaint o snwfflan crio hefyd.

'Ma na rwbath yn bod,' medda Rwsutrwsut efo'i graffter busneslyd arferol. 'Does na neb wedi bod o gwmpas i neud y gwlâu nac i rannu tabledi na ffisig na dim.'

'Crio ar ôl Len maen nhw, falla,' medda finna. Dydi *Swnami* ddim yn enw sy'n gweddu, bellach. 'Wedi'r cyfan,' medda fi wedyn, 'nid bob dydd maen nhw'n colli rhywun ffêmys fel'na.'

Dwi'n ama imi'i glywad o'n mwmblan rhwbath am 'effin rwdlyn' o dan ei wynt ond does wbod at bwy mae o'n cyfeirio, felly dyma fentro allan i'r coridor, efo mholyn olwynog yn gwmni, i weld be sy'n mynd ymlaen yn fan'no.

Maen nhw i gyd yn sefyll yn un twr wrth eu desg, yn cydio am ei gilydd ac yn snwfflan a chwythu'u trwyna a sychu'u llygid bob yn ail a pheidio. Ac er bod Nyrs Las Tywyll yn gneud ei gora glas i'w câl nhw at eu coed, ma hitha hefyd yn sychu dagra. Sy'n gneud imi ama rŵan bod y Doctor Du wedi marw!

'Aclwy maw! Gobeithio ddim,' medda fi wrtha fy hun, 'neu does wbod pryd y ca' i fynd adra.'

Mi âth yn ganol bora cyn i Llanrug dorri'r newyddion trist i Rwsutrwsut a finna.

'Anwen, un o'r trêinîs, wedi cael ei lladd neithiwr, mewn damwain ar y ffordd,' medda hi efo sŵn deigryn ymhob gair. 'Hi a'i chariad. Mae pawb yn ypsét ofnadwy.'

Wrthi'n cymryd fy mlỳd-preshyr i oedd hi ar y pryd ac, o glywad Rwsutrwsut yn clician ei dafod yn ddwys, fel 'tai o'n gwbod mwy na fi, dyma ofyn, 'Faswn i'n ei nabod hi?'

'Mi ddyliech chi. Hi oedd yn dod â phanad ichi bob dydd.'

'Aclwy maw!' medda fi, a theimlo'r blew ar fy ngwar yn codi. 'Nid…nid Llangristiolus, gobeithio?'

'Ia. Un o fan'no oedd Anwen.'

Ro'n i'n stỳnd. 'Damwain moto-beic!' medda fi'n ddistaw, yn fwy wrtha fi'n hun na neb arall.

'Ia. Sut gwyddech chi?'

'Llan Màth-rhwbath-neu'i-gilydd ddeudodd wrtha i, ddoe. Dêt cynta Llangristiolus efo'i chariad newydd. Dreifar ambiwlans oedd o, ia ddim?'

'Dreifar rhwbath tipyn llai nag ambiwlans,' medda hitha, ac mi welis wên fach drist yn lledu dros ei gwynab hi. 'Gwthio trolis a dreifio cadar-olwyn a phetha felly oedd gwaith John. Un o'r portars oedd o. Hogyn annwyl iawn.'

'Go brin mod i'n ei nabod o, ma'n siŵr,' medda fi, ond yn ama fel arall er fy ngwaetha.

'Dach chi wedi'i weld o o gwmpas, siŵr o fod. Tal…brychni haul…gwallt coch.'

Am ei bod hi wedi troi'i phen i ddarllan y nymbyrs ar y mashîn, welodd hi mo'r sioc ar fy ngwynab i.

'…Ma gen i ofn bod eich blỳd-preshyr chi i fyny'n ofnadwy bora ma Mustyr Jôns. Fydd Doctor Mendioti ddim yn hapus, dwi'n siŵr!'

Ar ôl i Llanrug orffan mynd trwy'i phetha efo fi, mi fues i'n hel meddylia'n hir. Gweld gwynab annwyl Llangristiolus, unwaith eto, yn gwenu ac yn gwrido'n swil, a'i chofio hi'n ymddiheuro, y tro cynta hwnnw inni gwarfod erioed, 'Sori del, ond chewch chi ddim panad ma gen i ofn', fel petai'r bai i gyd arni hi... Cofio fy nghwestiwn, ddoe, 'Os gwn i pwy ydi'r boi lwcus?' a gweld, eto fyth, y plesar yn disgleirio yn ei llygid mawr brown... Teimlo hefyd y gwynt yn oeri fy mhen wrth i'r Cochyn godi sbîd... A'i weld o unwaith eto, wrth droed fy ngwely, yn pwyntio bys yn fuddugoliaethus – 'O lle... O lle ti'n dod o?'...

Oes, ma na rwbath yn dod, o bryd i'w gilydd, i'n sobri ni i gyd ac i'n hatgoffa bod na betha amgenach yn yr hen fyd ma na chynganeddion a threigliada trwynol a lleoliad cywir arddodiaid.

Ond rhaid i fywyd fynd yn ei flaen, decinî.

Dwy hollol ddiarth – dwy Susnas – ddôth o gwmpas, ganol bora, efo'r troli 'Tea-or-coffee?' Mi gymeris banad ond ês i ddim i'r draffarth i holi o lle roeddan nhw'n dŵad.

Yn fuan wedyn, pwy landiodd owt-of-ddy-blŵ efo'i srinj a'i boteli bach ond Bwtshar Rhydfelen. Ei fòs isho gneud rhagor o brofion, medda fo, ac isho rhagor o waed gen i, felly. 'Mi fasa'n haws bodloni Draciwla,' medda finna. Ond welodd o mo'r jôc.

Rywbryd cyn cinio mi gofis nad o'n i wedi tshecio'r Sêr. Y Deths fydda'n ddarllan gynta bob dydd ac yna, cyn symud ymlaen at helyntion Gwdusyn-pârc, mi fydda i'n tshecio be mae Rashpiwtun yn ei addo imi. Fo ydi sêr-ddewinydd Dail y Post, dach chi'n dallt. 'Horyr-sgôp' ma Guto Ritsh yn galw'r peth. Ond êthiust ydi hwnnw, felly be dach chi'n ddisgwyl yn de? Er, fydda Guto Ritsh, chwaith, fawr o dro yn newid ei feddwl 'tai o'n darllan Rashpiwtun bob dydd. Dyna ichi ddoe, er enghraifft! – *The Moon is angry with Jupiter and Mercury today. Expect some bad news.* A sbïwch y newyddion drwg sydd wedi cyrradd, bora ma!

Ym mis Mai dwi'n câl fy mhen-blwydd, gyda llaw. Felly, *Taurus* ydw i. Y Tarw!

'Tarw o ddiawl! Tebycach i frych llo bach tasat ti'n gofyn i mi!'

Oes raid ichi ofyn pwy ddeudodd hyn'na, rywdro?

Sut bynnag, dyma'r rhagolygon imi am heddiw – *Your astral signs are hazy. Enjoy your life. Make the most of your freedom. Eat, drink and be merry.* Hynny'n golygu, ma'n siŵr, y bydd y Doctor Du yn dod yma mewn munud neu ddau i ddeud mod i'n câl mynd adra. Ac i brofi bod Rashpiwtun yn llygad ei le, mi ga i ffish-a-tsips a photal o shandi i swpar heno a rhoi nhraed i fyny wedyn i wylio *Pobol y Cwm*. Ît, drinc and bî merri amdani, felly.

Fe synnech chi mor sydyn a chwbwl ddirybudd ma petha'n digwydd yn y lle ma. Prin bod y llestri cinio wedi câl eu clirio nad oedd cyrtans Mêt Monti yn *swish swishan* a phan agorwyd nhw, ddeng munud yn ddiweddarach, roedd yr hen fôi yn ista'n ddel mewn cadar-olwyn ac yn ei ddillad-bob-dydd, yn barod i gychwyn o'ma. 'Wna i ddim holi i ble mae o'n mynd,' medda fi wrtha fy hun, 'rhag ofn nad oes gan hwn, chwaith, ddim *adra* i fynd iddo fo.'

Rhwbath hollol ddiarth oedd y portar ddôth i'w nôl o, dri chwartar awr yn ddiweddarach. Sais! '*Off we go!*' medda fo'n ddiamynadd ac yn gwbwl ddigymeriad, a heb sbio unwaith ar ei watsh.

'Da boch chi!' medda Llanrwsutrwsut a finna efo'n gilydd, ond ar Moses roedd yr hen gradur yn sbio.

'Bendith arnoch chi, rhen bardnar!' medda hwnnw gan godi'i law yn ddwyfol, fel Ffâddyr y Catholics yn Llanlleidiog. Roedd yr hirath yn llenwi'i lygid o'n barod. 'I ble'r ewch chi, rŵan? Yn ôl i'r anialwch?'

'Elalamein!' medda mêt y Ffîld-marshal efo sicrwydd ei oed.

'Os gwelwch chi Romel, deudwch mod i'n cofio ato fo.'

'Wùl dŵ,' medda Mêt Monti a chodi llaw fwy dramatig yn ôl, fel 'tai o'n dynwarad y Lôn Rênjyr wrth i hwnnw ddiflannu dros y gorwal.

'Cofiwch finna ato fo hefyd,' medda fi efo gwên fach o gydymdeimlad.

'Py!' Ac mi sbiodd trwydda i, fel tawn i'n gowboi drwg oedd yn gneud dim byd ond robio bancia a stêj-côtshis, a rỳslo gwarthag y cowbois da.

A chyda hynny, roedd o wedi mynd.

Ymhen hannar awr, roedd dau newydd wedi cyrradd Si Bêi. Dau ddi-sgwrs ar y naw. Un i Si Ffôr, sef gwely'r hen soldiar, a'r llall i Si Ffaif, drws nesa imi. Dwi'n ama mai Sais ydi hwnnw! Go brin, felly, y bydd o'n gwerthfawrogi'r fraint a gâl gorwadd yng ngwely'r gôlcipar gora a welodd Wlfs a Wêls erioed.

Swish swiiish!

'Wel! Dwi'n cael mynd adra fory!'

Fedar Llanrwsutrwsut ddim mygu'i blesar.

'Be?' me finna, yn gyndyn o'i goelio fo ac yn jelys braidd bod y doctor wedi bod yn ei weld o ddwywaith yn barod, heddiw, ond heb unwaith ddod i ngweld i. 'A chditha'n sownd wrth yr holl beipia na?'

'Ma'r cwbwl yn dod allan pnawn ma,' medda fo, 'ac os medra i fỳta chydig o swpar heno a brecwast bora fory, mi ga i fynd adra, medda *fo*.'

Fel'na ma pobol Sir Fôn yn siarad, gyda llaw. Deud 'bỳta, yn lle 'bùta'! A 'cètl' yn lle 'teciall'. Ma'u Cymraeg nhw jest cyn waethad ag un pobol C'narfon. Ansicrwydd ydi problem rheini…fel dach chi'n gwbod bellach, decinî…yn gofyn '*ia?*' ar ôl pob dim. A ma gan bobol Bangor yr un broblem, ond bod y gair o chwith, ac yn Susnag, gan rheini. '*Nais tw sî iw, âi?*' … '*Sî iw twmoro, âi?*' Ond be newch chi o'r criw Bala na, ta? '*Smâi, wâ?*' '*Lle ti'n mynd, wâ?*' … '*Wela i di, wâ!*' Petha gwirion fel'na ma rheini'n ddeud! A ma na rai o gwmpas Dolgella ffor'na sy'n iwsho geiria gwirion fel '*bêch*' a '*cog*'! Pa fath o Gymraeg ydi peth felly, medda chi? Ond y criw-lawr-Sowth-na ydi'r rhai gwaetha, o ddigon! Duw a ŵyr pa iaith ma rheini'n siarad! '*Wi'n mynd bant i'r Deri marce cwarter wedi whech,*' medda Gari Mync (gangstyr peryglus o Niwcasl). '*So i'n dod, w; mae'n rhy ddanjerus,*' medda Brandyn ei frawd (hefyd yn gangstyr o Niwcasl ond ddim cweit mor beryglus â Gari am ei fod o wedi câl hannar tröedigath efo rhyw *wejen,* beth bynnag ydi peth felly). Ma Densùl yn '*ffaelu diall*' rhwbath neu'i gilydd ac yn '*becso obeutu*' rhwbath arall; a Cadno – Aclwy maw! Meddyliwch am fedyddio hogan yn 'Cadno'! – '*wedi bennu da'i sbaner*,' er na fuodd hi rioed yn gweithio mewn garej, hyd y gwn i. A ma Dai Sgaffaldia'n deud bod Deric yn hannar sosban neu'n hannar toilet ne rwbath. Hannar call mae o'n drio'i ddeud, dwi'n meddwl! Ac ar ôl lot o ffraeo a gweiddi enwa ar ei gilydd ma pawb yn ffrindia mawr unwaith eto ac yn deud wrth naill a'r llall 'Dere i Gaffi Cwm am ddishgled, w!' ne 'Wi'n mynd bant i'r Deri am beint (o gwrw fflat), w!' Aclwy maw! Sa'n gneud byd o les iddyn nhw i gyd ddŵad i Lanlleidiog ar eu holidês, i gâl clŵad be di Cymraeg go iawn.

Eniwêi, fiw imi ddeud dim byd wrth Rwsutrwsut, rŵan, rhag ofn iddo fo feddwl mod i'n gwenwyno am ei fod o'n câl mynd adra.

'Mi fydd raid câl plymar i mewn, felly,' medda fi, efo gŵen awgrymog.

'Y?'

Dydi o'm yn dallt!

'I dynnu'r holl beipia na,' medda fi eto, a chwerthin am ben y jôc.

'O! Go dda rŵan!' medda fo, ond heb fath o wên, a sbio arna i efo'r un gwynab â ddoe; y gwynab 'effin-rwdlyn'.

'Sori i dorri ar draws eich hwyl chi.'

Nyrs Las Tywyll sydd wedi cyrradd a ma hi'n amlwg isho trafod rhwbath pwysig efo fi oherwydd ma gynni hi bapur mewn un llaw a beiro yn y llall. Dwi'n gweld Llanrwsutrwsut yn diflannu tu ôl i'r *Daily Scandal,* er mwyn cael llonydd i glustfeinio.

'…Am ryw reswm, chafodd eich ffurflen chi mo'i chwblhau pan gyrhaeddoch chi yma…'

Dwi isho canmol ei Chymraeg hi a gofyn o lle ma hi'n dŵad, ond dydi hi ddim yn rhoi cyfla i hynny oherwydd ma hi'n sodro'r ffurflen o dan fy nhrwyn a phwyntio at y geiria *Next of kin*?

'…Dyw'r cwestiwn hwn ddim wedi cael ei ateb,' medda hi. 'A ellwch ddweud pwy yw eich perthynas agosaf?'

'Anodd deud,' me fi a dechra meddwl yn galad. 'Roedd gan Nain dri brawd a dwy chwaer ond mi fuodd dau o'r hogia ac un o'r genod farw'n ifanc ac mi âth y ddau arall, Yncl Abraham ac Anti Naomi, i ffwr i fyw i rwla neu'i gilydd a dydw i ddim yn gwbod ddaru nhw briodi a châl plant, ta be, oherwydd ddaru nhw ddim cadw cysylltiad, dach chi'n dallt…'

Dwi'n gweld ei llygid hi'n agor yn fawr fel llygid llyffant.

'…Ddim priodi efo'i gilydd dwi'n feddwl, cofiwch!' medda fi'n frysiog, rhag iddi hi gâl rong impreshyn am ein teulu ni.

Ond ma'r syndod yn aros o hyd yn ei gwynab hi.

'…Pedwar o frodyr oedd gan Taid, wedyn – dim chwiorydd – ac mi âth tri ohonyn nhw drosodd i Mericia yn y naintîn-twentis i neud eu ffortiwn ac mi âth y llall i lawr i Sowth Wêls i weithio yn y pylla glo. Falla bod hwnnw wedi priodi, cofiwch, a châl plant ond fedra i ddim bod yn siŵr…'

Dwi'n stopio yn fan'na oherwydd ma na olwg reit od neu reit drist wedi dŵad i'w gwynab hi rŵan, fel 'tai hi'n methu credu'i chlustia.

'Be? Oes gennych chi neb arall yn perthyn ichi? Neb sy'n nes na chyfyrdyr pell?'

'Wel! Nagoes, am wn i.' medda fi, a chofio Guto Ritsh yn holi'r un peth yn union, dro'n ôl, ond am reswm gwahanol. *'Wyt ti wedi gneud wyllys?'* Cwestiwn owt-of-ddy-blŵ.

'Naddo,' me finna, *''tai hynny rywfaint o dy fusnas di.'*

'Mi ddyliat ti,' medda fo. *'Ma gen ti gelc go daclus erbyn rŵan, siŵr o fod?'*

Un felly ydi Guto Ritsh, gyda llaw. Ma gynno fo wynab cletach na'r un sêt capal.

'Fy musnas i ydi hynny,' me finna.

'Can mil o leia, ma'n siŵr?' medda fo, yn dal i sgota. 'Heb sôn am y tŷ a'r gweithdy, wrth gwrs! Os na fyddi di wedi gneud wyllys, yna'r Wlad...y Tshànselyr...fydd yn hawlio pob dim ar ôl i ti'i phegio hi...A chofia hyn,' medda fo wedyn, gan sbio trwy'i sbectol dew i fyw fy llygad i, yn sîriys i gyd, fel 'tai o'n frawd o gig a gwaed imi, 'Fedri di ddim mynd â nhw efo chdi, sti. Does na'm pocad mewn amdo!'

Meddyliwch am ddeud peth fel'na! *Dim pocad mewn amdo!* Wrtha i, o bawb!

'Enw pwy gawn ni ei roi yma, felly, Mustyr Jones?' Ma beiro Nyrs Las Tywyll yn dal i hofran uwchben y *Next of kin.*

'Guto Richards,' medda fi, am na fedra i feddwl am neb arall, a dwi'n rhoi cyfeiriad a rhif ffôn iddi hefyd. Wedi'r cyfan, Guto Ritsh ydi'r unig un sydd wedi gyrru cardyn Get Wel imi.

Diwrnod gwaeth fyth

Ma heddiw wedi bod yn ddwrnod rhyfadd. Nid rhyfadd ha-ha ond rhyfadd, od…rhyfadd trist…os dach chi'n dallt be sgin i. Er, mi gês i làff fach ben bora, hefyd, wrth weld Moses yn trotian am yr hows efo'i bolyn olwynog o'i flaen a'i fin-dŵr boreol yn dangos y ffordd. Hannar awr wedi chwech oedd hi bryd hynny ac roedd y nyrsys-nos newydd ddechra ar eu rŵtîn boreol – *swish swiiish* y cyrtans fan hyn a fan draw a phledrenni plastig yn cael eu gwagio efo sŵn tebyg i Wil Bladar Wan yn piso i'r gwtar, stalwm, ar ei ffordd adra o'r Cross Keys, 'rôl stop-tap.

Ma Llanrwsutrwsut yn rhydd o'i rwyma ers pnawn ddoe ac er ei fod o'n edrach yn od o noeth heb ei beipia…ei wynab yn wahanol ond yn fwy cyfarwydd am ryw reswm…does dim dal ar ei hwylia da. Mae o wedi bod yn hynod o glên, hyd yn oed efo Moses, ac wedi câl hwnnw i adrodd dwn i'm faint o englynion iddo fo. Heb sôn am ranna o Awdl y Dwbwl! A deud y gwir wrthach chi, dwi'n ama bod yr hen Rwsutrwsut hefyd yn dechra colli arni, fel y gweddill ohonyn nhw, neu pam arall fasa fo'n gwirioni am farddoniaeth a chynganeddion a phetha felly? Oni bai, wrth gwrs, ei fod o isho ymddangos yn dipyn o ŵr mawr, mwya sydyn.

Pam dwi'n meddwl hynny, medda chi? Wel, yn un peth, mae o wedi newid ei diwn yn gythral. Ei blania i brynu fùla yn Sbaen neu'r Bahamas wedi mynd i'r gwellt, medda *fo*. 'Rhy goman yno,' ùff-iw-plîs! Ac ar ba sail mae o'n deud hynny, medda chi? Wel am ei fod o wedi clywad bod rhyw Jaci Selar, 'oedd yn rysgol efo fi stalwm', newydd brynu taim-shêr yn Sbaen a bod rhyw 'gomon-jac' fel Tomi Shop Sgidia – 'pry wedi codi oddi ar gachu os gwelist ti un erioed' – wedi trefnu 'crŵs-of-ê-laifftaim' iddo fo a'i wraig yn y Carubî.

'A oes gennych gynlluniau eraill, felly, gyfaill?'

Goeliwch chi fod Moses wedi llyncu'r stori ac isho gwbod mwy?

'Rhyw feddwl am y Sêishels neu'r Moldîfs ydw i rŵan…'

Wrth ddeud y geiria, ma llygid Rwsutrwsut yn dechra rowlio yn ei ben, fel rhai'r witshdoctyr hwnnw'n mynd i bêrlewyg yn y ffulm *Cing Solomons Mains* ers talwm.

'… Tŷ mawr mawr ar lan môr glas glas … Pwll nofio hefyd rhag ofn y bydd y tywod gwyn gwyn yn rhy boeth o dan draed … Awyr ddigwmwl a haul mawr melyn melyn uwchben … Rîclaining-tshêr o dan ambarel mawr coch coch … Coctêl bâr o fewn hyd braich, wrth gwrs, a ffrij yn llawn o boteli brown êl oer oer … A merchaid hannar noeth mewn sgertia gwellt yn dawnsio o nghwmpas i ac yn cario gwin a grêps imi.'

'Wyddoch chi be, gyfaill?' medda Moses, yn ymgolli'n llwyr yn y darlun geiria ac yn gneud llais pwysig fel 'tai o'n dynwarad beirniad llên mewn Steddfod Genedlaethol. 'Mae gennych awdl ar flaena'ch bysedd yn y fan yna. Pe gallech fynychu fy nosbarthiadau cynganeddu dros fisoedd y gaeaf, pwy ŵyr na allech gipio'r Gadair ei hun ymhen blwyddyn neu ddwy.'

'Be am y dwbwl?' medda finna, yn chwerthin efo fi fy hun.

'Effin rwdlyn!'

Moses oedd yn ei châl hi, dwi'n ama, er mai arna i roedd o'n sbio. Ond doedd y gwnidog ddim yn troedio'r un blaned â ni. 'Beth yw crefydd trigolion y rhan honno o'r byd, os gwn i?' medda fo, a sbio i fyny fel tae o'n disgwyl i neb llai na'r Bod Mawr ei hun ei ateb. 'Presbuteriaid, siŵr o fod,' medda fo wedyn, gydag argyhoeddiad. 'Os felly, gyfaill'... Rwsutrwsut oedd hwnnw!...'yna mi fyddwch chi'n mynd â'ch papur aelodaeth efo chi, decinî?'

Doedd dim amheuaeth pwy oedd yr 'Effin rwdlyn!' y tro yma, beth bynnag! '...Ond yn gynta, dwi am brynu car.'

'Fedri di ddreifio?' medda finna.

'Twt! Fydda i fawr o dro'n dysgu. Mi ga i wersi preifat.'

'O? A pha fath o gar wyt ti am brynu, 'lly?'

'Sleifar o gar!' medda fo'n fawreddog. 'Ddim rhyw Muni-Mainyr o beth, yn reit blydi siŵr.'

'Ffordyn, falla?' medda fi, i'w helpu fo i benderfynu. Meddwl o'n i am y Ffôrd Ffôcys sydd gan Sel-ar-y-scrownj; yr un a gafodd Sharlot ei bardnar yn brand-niw ac yn rhad ac am ddim gan y Wlad am ei bod hi'n smalio bod yn dusêbld ac yn methu mynd ar y bỳs i siopa.

'Py!'

'Be am Awdi-Es-Ffôr ta? Ma hwnnw'n gneud nôt-tw-sicsti-in-ffaif-secynds, meddan nhw i mi.'

'Naaa!' medda fo, ond yn gwegian mymryn mewn ansicrwydd.

Dwi'n ama erbyn rŵan a ydi'r hen Rwsutrwsut yn gwbod rhwbath o gwbwl am geir.

'Be am Fferâri ta?' medda fi'n wamal.

'Falla wir,' medda fo, yn cymryd yr awgrym gwawdlyd yma o ddifri. 'Un o ddau fydd o, beth bynnag. Fferâri neu...neu Smart Car. Dwi wedi clywad bod hwnnw'n uffar o gar handi hefyd.'

Yn hytrach na chwerthin dros lle, 'Pam na phryni di'r ddau?' medda fi. 'Mi fedri di barcio'r Smart Car yn bŵt y Fferâri wedyn.'

'Effin rwdlyn!' medda fo eto, efo'i ddiffyg dychymyg arferol, a chydio'n bwdlyd yn ei *Daily Scandal*.

Hyd yma, dydi Si Thrî Newydd, Si Ffôr Newydd na Si Ffaif Newydd ddim wedi dangos unrhyw awydd i fod yn glên nac yn sgwrslyd efo ni. Nac efo'i gilydd chwaith, 'tai'n dod i hynny. Ond, o gofio mor swil o'n i fy hun pan ddois i yma gynta, dwi'n fwy na pharod i neud alowansus. 'Ma na obaith efo Si Thrî a Si Ffôr,' medda fi wrtha fy hun. 'Wedi'r cyfan, maen *nhw*'n Gymry. Ond Sais ydi'r llall ma!'

Yn syth ar ôl brecwast, mi gês gyntun bach ac erbyn imi ddeffro roedd y boi-papur-newydd wedi bod, a finna mewn peryg, felly, o gâl fy ngadal yn ddi-Ddail-y-Post am y dwrnod.

'Borrow mine if you like!' medda Si Ffaif Newydd, mwya

annisgwyl, ac estyn ei bapur dros y gagendor oedd rhyngon ni. 'I can read it later.'

'Thanciw!' medda finna.

Deudwch chi be liciwch chi ond dydi'r hen Sais ddim yn ddrwg i gyd, wyddoch chi. Ddim hwn, beth bynnag. Petai'n dod i hynny, mae o'n dipyn cleniach na Si Thrî a Si Ffôr efo'i gilydd! Ddaru'r un o'r rheini ddangos unrhyw gydymdeimlad tuag ata i. Na chynnig y *Sun* neu'r *Daily Mirror* imi chwaith.

'Wj iw maind uff ai dùd ddy croswyrd?' medda fi'n bowld. 'Ddi îsi wàn?'

'Don't mind at all,' medda fynta. 'That is, if you can find one!'

'Ma hwn yn jentlman fel yr hen fêjyr,' medda fi wrtha fy hun. Ac yna'n fwy athronyddol fyth, 'Rhyfadd fel ma rhywun yn dŵad i gymryd lle pawb yn yr hen fyd ma'n de?'

Ond wedyn mi sylweddolis nad Postyn Lerpwl oedd ei bapur o, ond y *Times,* ac mewn dim amsar ro'n i'n câl hepan arall.

Does dim sôn am Llanrug na Llangaffo, Llanfairpwll na Llanfair-fechan heddiw ac ma hyd yn oed y Nyrs Las Tywyll yn ddiarth.

Ond mae yma un gwynab cyfarwydd, o leia, oherwydd yn syth ar ôl cinio, pwy landiodd efo'i gadar-olwyn, i fynd â Rwsutrwsut i lawr at yr ambiwlans i fynd adra, ond Co Mawr ei hun.

'Pob lwc ichi, hogia,' medda Si Wan.

Roedd o'n gwisgo'i sùfîs, erbyn rŵan, ac yn methu peidio gwenu, cystal â deud, '*Dwi'n câl mynd adra. Ha ha!*'

'…Mi fydda i'n bỳta fy mhryd nesa o flaen tân yn fy

nghartra fy hun,' medda fo wedyn, a llyfu'i wefla. *Tra byddwch chi'n cael eich cig mùns a'ch tatws mash a phys slwj.* Dyna oedd yr awgrym!

'Pa *bryd* fydd hwnnw, os gwn i?' medda finna, â'm llygid ar y shôffyr. 'Brecwast fory, os byddi di'n lwcus!'

Doedd Rwsutrwsut ddim yn dallt, wrth gwrs, nac yn barod i gymryd dim yn ei glust, chwaith, 'tai'n dod i hynny, felly dyma fi'n cyfarch Co Mawr fel 'tai hwnnw hefyd yn hen fêt, 'Sut ma'r hen fodan erbyn hyn?'

Mi gofiodd y Co pwy o'n i wedyn. 'Ma hi ocê, ia?' medda fo. 'Ni di câl giaman newydd ŵan, ia?'

'O! Reit dda!' medda finna, efo nhafod yn fy moch. 'Be di'i henw hi, 'lly? Topsi Tŵ?'

'Prùns, ia?' medda fo, fel 'tai o eto ddim yn rhy siŵr o'i betha. 'Aru hen fodan weld Prùns-o-Wêls yn sefyll yn Tŵr Eryr efo Cwîn, stalwm, ac odd hi'n deud bod gwmab giaman bach newydd yn ddel fel gwmab y prúns. Ond ma hen fodan yn sori ŵan, ia, cos ma Prúns yn cachu o dan bwr' a tu ôl soffa a petha felly.'

'Wel, wel!' medda finna, a brathu nhafod rhag gofyn am ba Brùns roedd o'n sôn.

'Awê!' medda Llanrwsutrwsut yn fyr ei fynadd ond yn llawn ohono'i hun. 'Hai ho Sùlfŷr!' medda fo wedyn, yn orchestol. 'Things tw dŵ, plêsus tw go.'

Roedd o'n sicening o fawreddog, a deud y gwir.

'Pob hwyl, gyfaill!' medda Moses o'i wely. 'Eich ffiol sydd lawn.'

Ond roedd Rwsutrwsut wedi hen anghofio amdano fynta hefyd.

Mi sbiodd Co Mawr ar ei watsh Rolecs Hong Cong ac

yna, ar ôl mwmblan *'wàn ffufftîn, ia?'* o dan ei wynt, mi ddechreuodd godi sbîd fel 'tai o'n practisho at gnebrwn.

'Mae'r Doctor yn bwriadu dod i'ch gweld chi yn syth ar ôl Fusuting pnawn ma, Mustyr Jôs.'

Nyrs Las Tywyll Newydd sydd newydd landio wrth droed y gwely i roi'r newyddion da imi.

'Diawl! Reit dda rŵan!' medda finna, yn rhag-weld fy rhyddid yn gynt na'r disgwyl ond yn methu gweld pam bod yn rhaid iddi edrach mor uffernol o drist, chwaith. Newydd gwarfod ydan ni, âfftyr-ôl, felly go brin y bydd hi'n gweld fy ngholli fi gymint â hynny. 'Os ca i bortar call, pwy ŵyr na fydda i adra o flaen Llanrwsutrwsut eto.'

Ydw, dwi'n gweld colli'r Cochyn yn gythral!

Ma hi'n sbio'n od arna i, rŵan, fel 'tai hi ddim yn dallt pwy sgin i mewn golwg.

'Adra o flaen Si Wan dwi'n feddwl!' medda finna, i egluro, a phwyntio at y gwely gwag gyferbyn, er mwyn iddi ddallt.

'O! Mustyr Gruffis dach chi'n feddwl?' medda hi. 'Ond be ddaru chi'i alw fo, rŵan?'

'Llanrwsutrwsut,' me finna. 'Un o fan'no oedd o, wyddoch chi. Roedd o a Len Morus, gôlcipar Wlfs a Wêls ers talwm... Si Ffaif o flaen hwn,' medda fi wedyn a phwyntio at y gwely agosa ata i, i neud yn siŵr ei bod hi'n dallt hynny hefyd, '...yn byw drws nesa i'w gilydd.'

'Mustyr Jôs bach!'

Ma hi'n sbio'n od *ac* yn dosturiol arna i rŵan.

'...Llanrwsutrwsut ddeudsoch chi?' medda hi, a chwerthin fel 'tai gynni hi gydymdeimlad mawr efo fi. 'Chlywis i rioed am y fath le, cofiwch! Ma rhywun wedi bod yn tynnu'ch coes chi, mae gen i ofn…Llanrwsutrwsut wir!' medda hi eto a chwerthin yn fwy harti fyth wrth roi ei llaw yn annwyl ar fy nghorun moel i, fel 'tai hi'n reit ffond ohono' i, mwya sydyn. 'Yn Menai Brij ma Mustyr Gruffis yn byw. A dyna lle'r oedd cartra'r diweddar Mustyr Leonard Morus hefyd.'

'Wel myn diawl!' medda fi wrtha fy hun. 'Ma'r blydi Rwsutrwsut na wedi gneud pric pwdin ohona i eto! Ma'r cythral yn deud mwy o glwydda na Jôrj Bwsh, Tôni Blêr a Magi-paid-â-deud i gyd efo'i gilydd!'

'Mi wyddoch pwy *ydi* Mustyr Gruffis, wrth gwrs?' medda hi rŵan, i droi'r stori ac i nghadw fi rhag ypsetio gormod.

'Be?' Nid syrpréis arall, rioed? 'Peidiwch â deud ei fod o wedi chwara sentyr-ffôrwyrd i Man Iw neu rwbath gwirion felly?'

'Na,' medda hi, a gwenu'n annwyl eto, fel 'tai hi'n meddwl mod i'n dipyn o gês. 'Welsoch chi mo dudalan flaen y *Daily Post* rhyw dair wythnos yn ôl? Llun mawr o Mustyr Gruffis?'

Dwi'n stŷnd. Dyna, felly, pam bod ei wynab o wedi canu cloch imi, unwaith y cafodd o ei ddad-beipio! Ond fedra i yn fy myw â chofio, chwaith, pam bod Llanrw…pam bod Menai Brij…wedi cael ei lun ar dudalan flaen Dail y Post. Go brin ei fod o'n gangstyr peryglus, nac yn ddryg dîlyr mawr chwaith, neu mi fasa Mustyr Brŷnstrŷm Newydd wedi rhoi polîs gârd ar Si Bêi…Falla mai pîdoffeil ydi o? Aclwymaw! Be ddeuda Guto Ritsh 'tai o'n gwbod mod i wedi cymysgu efo pŷrfŷrt?…Ond ar y llaw arall, falla mai hen pop aidol yn gneud cỳm-bac ydi o! Wedi'r cyfan, ma peth felly hefyd yn ffasiynol iawn y dyddia yma. Gofynnwch i Dafydd Iwan neu Hogia'r Wyddfa!

'Ffaif-point-sics-muliyn!' medda Nyrs Las Tywyll Newydd, yn torri ar draws fy meddylia i.

'Y?'

'Dyna faint enillodd Mustyr Gruffis ar y Lotyri'n ddiweddar.'

Dwi'n stỳnd eto, ond mwy fyth rŵan. Fedra i ddeud dim, am fod fy ngheg i'n gwrthod cau. *'Wili Bach yn gegrwth!'* Dyna fasa Nain a Wili Welsh yn ddeud taen nhw'n fy ngweld i.

'Mi ddylech chi fod wedi ffalsho efo fo pan gawsoch chi'r cyfla, Mustyr Jôs,' medda hi efo gŵen fach annwyl arall, a diflannu yr un mor sydyn ag y dôth hi.

Chafodd gwely Myltimuliynêr-Menai-Brij fawr o gyfla i oeri cyn bod rhyw gradur surbwch arall wedi'i hawlio fo? Stanley Jacobs ydi enw hwn. Neu o leia dyna ma'r sgwennu ar y wal yn ddeud. Sais arall, siŵr o fod, efo enw fel'na! A wyddoch chi be? Ma gyn y diawl lwcus fusutyrs yn barod! A rheini i gyd yn ffyshan o'i gwmpas o, fel gwenyn rownd pot jam, a deud y bydd pob dim yn ocê. Ond dydi o'i hun ddim yn edrach yn rhy siŵr.

Ma gyn bawb arall fusutyrs hefyd ond yr unig un dwi'n nabod erbyn rŵan ydi gwraig Moses. Dynas fach ddigri'r olwg. Yr un ffunud ag Old-Myddy-Raili yn picjiwrs Cwt Chwain, stalwm. Dydi hi byth yn colli'r un Fusuting. Na byth yn ista'n llonydd chwaith, tra ma hi yma. Bnawn a min nos dydi hi'n gneud dim ond ffidlan o'i gwmpas o, fel rhyw hen iâr un cyw. A synnwn i damad nad ydi hitha hefyd yn gwbod pob gair o Awdl y Dwbwl ar ei chof. Dau yn siwtio'i gilydd i'r dim, tasach chi'n gofyn i mi!

WEL MYN DIAWL! Pwy, feddyliech chi, sydd newydd gerddad i mewn i Si Bêi yr eiliad ma, yn ei ofarôls budur ac efo'i gap stabal seimllyd wedi'i wthio'n ôl ar ei gorun? Guto Ritsh, o bawb! A mae o'n sbio o'i gwmpas. Chwilio amdana i mae o, wrth gwrs, ond dydio'n gweld y nesa peth i ddim trwy'i sbectol-gwaelod-pot-jam. Mae o'n crychu'i drwyn ac yn crafu'i dalcan hir a dwi'n gadal iddo fo graffu o un gwely i'r llall, fel rhyw Lorens-of-Arêbia yn trio ffeindio'i ffordd yn yr anialwch.

Ond ma hyd yn oed Guto Ritsh yn haeddu rhywfaint o dosturi, decinî.

'Fama ydw i!' medda fi o'r diwadd a chodi llaw iddo fo gâl landmárc i anelu amdano. 'Be uffar *ti*'n neud yn fama?'

'A, Wili Bach!' medda fo, yn falch o ddallt ei fod o yn y lle iawn, a sodlu'i ffordd tuag ata i ar draed chwartar-i-dri, fel rhyw Jarli Tshaplin di-ffon, neu Fustyr Magŵ bach tlawd.

O sbio arno fo rŵan, anodd ydi credu ma Guto Ritsh oedd un o Hels-Êinjels cynta Llanlleidiog, yn ôl yn y naintîn-ffufftîs, a'i fod o'n dipyn o têrawê yn ei ddydd. 1916 BSA Model K 550cc oedd gynno fo bryd hynny! Hen feic ei ddewyrth Amos. Hwnnw wedi bod yn dduspatsh raidyr yn y Rhyfal Cynta. Roedd Guto Ritsh yn ffansïo'i hun yn gythral yn y dyddia hynny ac yn gweld ei hun yn dipyn o Robin Jac. 'Be? Robin Jac y Felltan Goch?' medda fi, pan ddeudodd o hynny wrtha i rywdro. 'Aclwy maw! Gwyrdd ydi dy feic di! Guto Ritsh y Rhechan Werdd yn enw gwell arnat ti, o beth cythral.' Ddaru hynny ddim plesio, fel y medrwch chi ddychmygu. Sut bynnag, yn y dyddia hynny roedd o'n medru gweld chydig pellach na blaen ei drwyn. Ond ddim cweit cyn bellad â'r gwrych rownd Tro Mawr chwaith, oherwydd dyna lle y daeth bywyd y Model K 550cc ac adfentshyrs yr helsênjel Rhechan Werdd i ben yn ddisymwth, un noson o haf.

'Be uffar *ti*'n neud yma?' medda fi eto a gadal iddo fo ysgwyd llaw fel taen ni'n fêsyns rhonc.

'Tyfu tomatos!' medda fo.

'Y?'

'Plannu tatws, ta!'

'Be?'

Does dim math o sens i'w gâl gan Guto Ritsh, byth.

'Dŵad i dy weld di, siŵr Dduw!' medda fo, a'i wynab erbyn rŵan reit yn fy ngwynab i. 'Be *arall* ti'n feddwl dwi'n neud yma?'

Goeliwch chi nad o'n i rioed wedi sylwi tan y funud ma bod gynno fo fforestydd o flew yn tyfu allan o'i ffroena?

Lle ddiawl ti wedi bod tan rŵan ta? Ma'r Fusuting jest ar ben! Dyna dwi isho'i edliw, ond dwi'n brathu nhafod. O leia mae o *wedi* dŵad i ngweld i! Ma hynny'n gysur! A thra mod i'n cyfri fy mendithion, dwi'n meddwl hyn hefyd – *Mor drist ydi hi ar bobol sydd heb deulu na ffrindia o gwbwl yn yr hen fyd 'ma.*

Mi fydda i'n câl meddylia dwfn ac athronyddol fel'na'n reit amal, wyddoch chi.

'Diawl erioed!' medda fi, wrth i syniad gwych ddŵad imi mwya sydyn. 'Falla y ca i ddŵad adra efo chdi pnawn ma, 'lly!'

Ydw, coeliwch ne beidio, dwi'n barod i fentro thrîwhîlar Robin Rîlaiant efo shôffyr dall wrth yr olwyn yn hytrach nag aros noson arall yn Si Bêi.

Fo sy'n deud 'Y?' rŵan, ac yn ei ddeud o fel 'tai o wedi câl cythral o sioc. 'Pwy ddeudodd beth felly wrtha ti?'

'Ma'r doctor yn dŵad i ngweld i mewn rhyw…' Dwi'n sbio

ar y cloc. '…rhyw ddeng munud. A dwi'n disgwyl iddo fo ddeud mod i'n câl mynd adra.'

'O! Ym…Da iawn. Ond…ym…paid â chodi d'obeithion yn ormodol, rhen ddyn.'

O glywad y prydar yn ei lais, dwi'n synnu bod Guto Ritsh, o bawb, yn gallu teimlo'r fath gonsýrn a dangos cymaint o gariad brawdol. *Diawl erioed!* medda fi wrtha fy hun. *Falla'i fod o'n hiwman, afftyr ôl!*

'A be di'r newyddion o Lanlleidiog?'

'Newydd fod yn gweld Tomi Twrna, cyn dŵad yma,' medda fo'n syth, fel 'tai o'n falch mod i wedi agor cil drws iddo fo gâl gwthio i mewn trwyddo fo. 'Wedi bod yn gneud fy wyllys. Dyma hi, yli!'

Dwi'n darllan yn uchal '*Last Will and Testament of* ………………' Hei!' medda fi. 'Ti wedi anghofio rhoi dy enw arni!'

'Dwi'n gwbod,' medda fo. 'A ma na le yn fama,' medda fo eto, a thrio ffeindio lle gwag arall efo blaen bys dall, 'i ddeud pwy fydd yn câl pob dim ar f'ôl i…'

'Ma hwnnw'n wag hefyd,' medda finna.

Dwi'n gweld ei lygid o'n tyfu'n arwyddocaol, rŵan, tu ôl i'r gwydra-gwaelod-pot-jam, a dwi'n câl yr argraff ei fod o ar fin datgelu cyfrinach fawr.

'Dy enw di fydd yn mynd i mewn yn fan'na, wrth gwrs,' medda fo a sodro blaen ei fys rwla-rwla ar y papur. 'Dwi wedi penderfynu ma chdi sydd i gâl pob dim ar f'ôl i.'

Dwi'n teimlo dagra yn fy ngwddw, mwya sydyn – pwy fasa ddim – wrth ei glŵad o'n deud y fath beth. Wedi'r cyfan, ma gynno fo lwyth o berthnasa'n byw yn Llanlleidiog ond eto i gyd fi mae o…!

Ma na ryw gwilydd bach yn cydio yno' i, rŵan. Ddaru mi rioed sylweddoli, tan yr eilad ma, fod Guto Ritsh yn gystal mêt.

'A deud y gwir,' medda fi, braidd yn euog ac yn tagu ar fy nagra, 'mi ddyliwn inna neud wyllys hefyd, sti.'

'Wel ia. Dwyt titha, mwy na finna, ddim yn mynd dim iau, wyt ti, rhen fêt? Wedi'r cyfan, mwy sydd eisoes wedi'i dreulio nag y sydd o'n blaen.'

Ma'i glŵad o'n deud hyn'na yn f'atgoffa i am *ffaiyringlain* Rwsutrwsut ac yn dŵad â fi i benderfyniad sydyn. 'Mi a' inna i weld Tomi Twrna yn syth ar ôl mynd adra. Faint o amsar gymrodd o i neud hon?' A dwi'n dal y wyllys wag i fyny rhyngon ni.

'Twt! Ma gynno fo ddigonadd o rai fel'na, sti,' medda fo, mwya off-hand. 'Llond drôr ohonyn nhw!…Wyst ti be?' medda fo wedyn, fel 'tai o wedi câl cythral o syniad gwych mwya sydyn. 'Dwi newydd feddwl! Pam na chymeri *di* hon ac fe ga' inna un arall i mi fy hun gan Tomi Twrna, bora fory.'

'Ti'n siŵr?'

'Dim problem,' medda fo. 'Sa ti'n llenwi hon rŵan, yna matar bach fasa i mi ei rhoi hi i Tomi Twrna bora fory, i'w chadw hi'n saff. Yli! Y cwbwl sydd raid iti'i neud ydi rhoi dy enw di rwla yn fama,' medda fo, a sodro'i fys yn obeithiol ar y papur, fel 'tai o'n chwara'r gêm *Rhoi cynffon ar y mochyn*, 'ac wedyn rhoi enw pwy bynnag sydd i gâl pob dim ar d'ôl di yn fan'na…'

Dydi o'n ddim nes ati efo'i fys y tro yma, chwaith.

'…Wedyn, torri dy enw ar y gwaelod a châl dau dyst i neud yr un peth. A dyna ti!'

Wrth i feiro-inc-du ymddangos fel majic o mlaen i, dwi'n sylweddoli nad ydw i ddim wedi gweld Guto Ritsh mor feddylgar â hyn erioed o'r blaen.

'…Rho di dy enw yn fama, rŵan…'

Mae o'n aros tra dwi'n gneud hynny.

'…a meddylia enw pwy tisho'i roi yn y lle arall na. Y necst-of-cin neu ffrind gora ydi o fel rheol, wrth gwrs, ond ma hynny i fyny i chdi.'

Mae o'n troi draw i ddangos bod gweithred o'r fath yn gwbwl conffudenshal ac yn deud yn gyfrinachol wedyn dros ysgwydd, 'Fydd neb ond chdi a Tomi Twrna'n gwbod pwy fydd yn câl pob dim ar d'ôl di, wrth gwrs, ond gofala dy fod ti'n sgwennu'r enw yn glir ac yn llawn, i arbad dryswch pan fyddi di farw.'

'Trio dysgu padar i berson wyt ti, ta be?' medda finna, a gadal iddo fo feddwl bod yndyrtêcyrs fel fi yn dallt y rôps yn iawn cyn bellad ag y mae ewyllysia yn y cwestiwn. 'Sut wyt ti'n sbelio Gu…'

'Gruffydd ydi'n enw iawn i, sti,' medda fo ar fy nhraws. 'Gruffydd Absalom Richards.'

'ABSALOM?' medda finna dros lle, a dechra pwffian chwerthin. 'Uffan dân! Tawn i'n gwbod hyn'na yn rysgol stalwm…'

'Hidia befo hynny rŵan! Rhaid iti orffan dy wyllys cyn i'r Fusuting ddod i ben…Pwy gawn ni'n dystion, medda chdi? Be am y ddynas-gwallt-gwyn cw?'

Sbio i gyfeiriad Moses mae o.

'Aclwy maw!' me finna. 'Dyn ydi hwn'na! Gwnidog yr efengyl!'

'Jyst y job, felly,' medda fo.

'Ac uffar o fardd pwysig hefyd iti gâl dallt. Mae o wedi ennill petha ddwywaith mewn steddfod.'

'Be?' medda fo, a gwenu'n wirion. 'Ydi o'n medru gneud englynion gwell na hwn'na wnes i yn Ysgol Sentral, stalwm? Ti'n cofio?'

'Nacdw!' medda fi'n shòrt, ond yn cofio'n iawn, serch hynny.

Ma fynta'n cofio hefyd ac yn benderfynol a ailadrodd ei gampwaith.

> 'Wili Bach a Wali Wd
> At eu tina yn y mwd;
> Wili Welsh a Wili Bach
> At eu gyddfa yn y câch.

Englyn da ydi o'n de?' medda fo, efo gwên llawn-dannadd-ych-a-fi.

'Nace!' medda finna'n ddoeth ac yn wybodus. 'Cachu dêr o englyn, sa ti'n gofyn i mi. Does gen ti ddim cynghanedd-ddwbwl-efo-codiad yn agos ati.'

Am ei fod o'n gwbod mod i'n ffàn o Gerallt-loud-ŵan a'r *Talwrn,* a mod i wedi cystadlu unwaith ar y Llinell Goll yn *Llais Lleidiog,* mae o'n gorfod cydnabod iddo'i hun, rŵan, ei fod o'n llawar llai diwylliedig na fi.

'Wyt ti'n meddwl y gneith y gwnidog seinio'r wyllys ma?' medda fo, er mwyn troi'r stori. 'Ond mi fydd raid câl rhywun arall hefyd, sti. Pwy gawn ni, dŵad?'

'Wnei di mo'r tro?'

'Na, cha i ddim sti, gan mai fi ydi'r sôl beniffishari.'

Wrth i'r gloch ganu yn y coridor tu allan, ma'r fusutyrs i

gyd yn codi i adal. Pawb ond Guto Ritsh. Mae o, yn amlwg, yn bwriadu aros.

'…Mi ofynna i i hwn, drws nesa iti. Mae o i'w weld yn ddyn o sybstans.'

Si Ffaif Newydd, y Sais, sydd gynno fo mewn golwg a chyn imi gâl deud dim, mae o wedi mynd i gâl gair efo hwnnw, efo beiro-inc-du yn barod yn ei law. Yna mae o'n mynd drosodd at Moses, i gâl llofnod hwnnw hefyd.

'Nei di byth gesho pwy oedd yn y gwely-drws-nesa ma, echdoe,' medda fi, wedi iddo fo ddŵad yn ôl. 'Len Morus! Gôlcipar Wlfs a Wêls ers talwm. Ti'n ei gofio fo'n dwyt?'

'Nacdw.'

A dyna finna'n cofio na fu gan Guto Ritsh fawr o ddiddordab mewn cicio pêl erioed. A rheswm da pam! Ar iard Ysgol Sentral, slawar dydd, doedd y cradur bach byth yn gweld y bêl nes ei bod hi wedi mynd lathenni heibio iddo fo. Tra oedd y gweddill ohonon ni'n cicio gwynt, roedd o'n cicio ffresh êr.

Sy'n f'atgoffa fi rŵan am y tro hwnnw pan gawson ni gêm yn erbyn Ysgol Cownti, am fod gêm rheini yn erbyn rhyw Ysgol Cownti arall wedi câl ei chanslo lastmunut. 'Nei *di* chwara?' medda fi wrth Guto Ritsh. (Am mai fi oedd y captan a mod i'n câl traffarth hel tîm ar fyr rybudd.) 'Dim ond os ca i chwara'n gôl,' medda hwnnw. Pa ddewis oedd gen i wedyn ond cytuno? Eniwei, jest cyn hannar amsar, pan oedd hi'n ffuftîn nul iddyn nhw, dyma Guto Ritsh yn colapsho mewn poen yn y gôl, a phawb wedyn yn hel o'i gwmpas o i weld be oedd y broblam. 'Cloman chwithig!' medda fo, a dal ei goes chwith i'r awyr yn ddramatig, yn union fel roedd o wedi gweld Stanli Mathews yn neud yn y Cyp-Ffeinal yn erbyn Boltyn. '*Clyma* chwithig, y diawl gwirion!' medda finna, i'w gywiro fo, gan mod i'n gwbod bod Wili Welsh yn sefyll ar y lein ac o fewn clyw. 'Cymylau chwithig!' medda Gordon Pen Swejan i nghywiro finna, yn gobeithio creu argraff gall am y tro cynta'n ei hanas. Erbyn rŵan, roedd Wili wedi ymuno efo ni. 'Cymalau ydi'r gair cywir hogia,' medda fo'n ddistaw trwy'i ddannadd, yn amlwg yn embarasd drosto'i hun, o wbod bod hogia Ysgol Cownti i gyd yn gwrando. 'Cymalau chwithig!' medda fo wedyn. Ond roedd captan Ysgol Cownti isho câl dangos ei hun yn fwy na neb! 'Confwlsho!'' medda fo. 'Y?' medda pawb. 'Latin!' medda fo wedyn, mewn llais posh. 'Latin for cramp!' A sbio i lawr ei drwyn arnon ni i gyd, hyd yn oed ar Wili Welsh. 'Pen bach!' medda Gordon Pen Swejan a rhoi tatshan iddo fo o dan gliciad ei ên nes ei fod o'n llyfu'r mwd. Mi âth hi'n ffeit rhwng pawb wedyn, a buan yr anghofiodd Guto Ritsh am ei *gloman chwithig*. A fuodd dim secynd-hâff. Na gêm arall byth wedyn, chwaith, yn erbyn Ysgol Cownti.

'A weli di'r gwely acw wrth y ffenast?' medda fi, yn ôl yn y presennol unwaith eto. 'Wel, mêt i Ffîldmarshal Montgômyri oedd yn hwn'na, i ti gâl dallt. Fe enillodd *o* y Mulutari Cròs a châl ysgwyd llaw efo neb llai na Winstyn ei hun.'

'Taw â deud!'

Dwi'n gallu deud oddi wrth ei oslef nad oes gynno fo ddim gronyn o ddiddordab mewn petha felly, chwaith.

'Ond gwranda ar hyn! Mi gafodd y bôi oedd yn arfar bod yn y gwely-dros-ffor-imi – Robat Griffis oedd ei enw fo! – ei lun ar ffrynt pêj y *Daily Post* rhyw dair wsnos yn ôl. Ti'n gwbod pam?'

'Nid Robert Griffiths Menai Brij erioed?'

Mwya sydyn, mae o wedi cynhyrfu'n lân ac yn gwthio'i dybl-glêsing a'i fforestydd blew i ngwynab i unwaith eto.

'...Nid...nid y bôi ddaru ennill ffaif point sics muliyn ar y Lotyri?'

'Ia, ddàts ddy wàn!'

'Aclwy maw! Ti wedi câl 'i adrès o, gobeithio?'

'Pam?'

Mae o'n sbio arna i rŵan fel tawn i wedi troi'n llyffant piws.

'Rhaid iti gadw cysylltiad, siŵr Dduw!' medda fo, mewn llais tebyg i un Taid pan oedd hwnnw'n colli mynadd efo fi stalwm. 'Aclwy maw! Pwy ŵyr na chei di filiwn neu ddwy ar ei ôl o.'

'A chditha filiwn neu ddwy yn fwy ar f'ôl inna, felly.'

Twt-twtian mae o rŵan a smalio nad dyna oedd gynno fo mewn golwg o gwbwl. 'O! Dwi'n gweld ei fod o wedi cyrradd!' medda fo'n frysiog, yn falch o gâl troi'r stori.

Wedi sbotio'r cardyn efo llun y wningan binc mewn gwely pinc mae o!

'...Sori am y negas tu mewn. Cymysgu geiria wnes i, sti. *Adferiad* o'n i wedi pasa'i sgwennu arno fo, sti, nid *atgyfodiad*.'

'Wrth gwrs!' medda finna'n wamal, yn gwbod o'r gora mai llathan o'r un brethyn ydi Llanrwsutrwsut a fynta. '*Atgyfodiad, adferiad, adfywiad.* Be ddiawl di o bwys? Gair ydi gair ydi gair!'

Gan na fedar Guto Ritsh amgyffrad syniada athronyddol dwfn fel'na, mae o'n mynd ar ôl sgwarnog arall. 'O fod yn sôn am betha felly, a thra dwi'n cofio deud, ma Llew Fedwen Arian ar fin ein gadael ni, yn ôl pob sôn.'

'Lle mae o'n mynd, 'lly?'

'Mynd?' medda fo, a'i lygid yn tyfu fel rhai goldffish mewn powlan. 'Eith y cradur i unlla pellach na'r fynwant, siŵr Dduw! Mae o ar ei last legs, meddan nhw wrtha i.'

'Siawns y bydda i adra mewn pryd i neud arch iddo fo, felly,' me finna, a theimlo nghalon yn codi mymryn eto.

'Ew! Paid â chodi d'obeithion yn ormodol, rhen ddyn,' medda fynta, a gneud gwynab cnebrwn, fel 'tai o'n benderfynol o daflu dŵr oer dros fy hwylia da i.

Ond cyn imi gâl cyfla i edliw hynny iddo fo, ma na griw yn ymrithio wrth droed y gwely – Doctor Du Bryn Taf, y Rejistrar o Byrmingham, y Sgowsar, Bwtshar Rhydfelen a Nyrs Las Tywyll Newydd – i gyd yn sbio braidd yn shîpish, fel 'tai'n well ganddyn nhw fod yn rhwla arall taen nhw'n câl y dewis. Finna'n meddwl eto mor falch fasa Lleidiog Celts o gâl cymint â hyn o gêt ar bnawn Sadwrn.

Swish swiiish.

'Gwell iti fynd, dwi'n meddwl,' medda fi wrth Guto Ritsh wrth i'r cyrtans melyn gau amdanon ni. 'Ond paid â mynd yn rhy bell, chwaith, rhag ofn y bydda i'n câl dŵad adra efo chdi.'

'Na, mi geith Mustyr Ritshards aros,' medda Nyrs Las Tywyll Newydd yn sîriys i gyd. 'Ma'r Doctor wedi gofyn iddo fo fod yn bresennol pnawn ma, fel eich teulu agosa.'

'Teulu agosa?' medda finna'n ddi-ddallt. 'Aclwy maw! Jôc oedd honno!' medda fi wedyn wrth gofio am Nyrs Las Tywyll Ddoe yn llenwi'r ffurflen.

Ond dydi'r un ohonyn nhw'n cymryd dim yn ei glust.

'Mae'r ym…canlyniade sgan wedi dod trwodd, Mr Jones!…' medda'r Doctor Du.

'Trwy be, felly?' Dyna dwi isho'i ofyn, er mwyn iddo fo ddallt ei fod o wedi iwsho idiom Seisnig. Ond cau ceg pia hi!

'…a'r profiade gwaed. Ac nid yw y golygyddion yn gampus iawn rydwyf ofn…'

⌐ vi'n teimlo blew trwyn Guto Ritsh yn cosi nghlust i.

'Cymysgu geiria mae o, sti,' medda fo. '*Rhagolygon* mae o'n feddwl dwi'n siŵr!'

'Dwi'n gwbod be mae o'n feddwl, siŵr Dduw!' medda finna, a nghalon i'n dyrnu yn fy nghorn gwddw erbyn rŵan. 'Gair ydi gair ydi gair a neith newid gair ddim newid y blydi ffeithia.'

Ma'r doctor du a'r doctor brown a'r ddau ddoctor llwyd wedi mynd ers meitin, a Nyrs Las Tywyll Newydd hefyd, i'w canlyn. Ddaru Guto Ritsh ddim oedi'n hir chwaith, wrth gwrs. Erbyn rŵan, ma hwnnw a'i Robinrîlaiant hannar ffordd adra i Lanlleidiog decinî, oni bai ei fod o wedi colli'r tro yn rhwla, a landio ar ei ben yn Llyn Ogwan neu Swalo Ffôls.

'...Fel y gŵyr pawb, gyfeillion, rhyw fardd ceiniog-a-dima ydi Awenfardd Awenog. Ond peidiwch â chymryd fy ngair i. Gofynnwch i Alan, golygydd *Barddas*! Mae o, fel finna, wedi cael y profiad unigryw o neud y Dwbwl...'

'Effin rwdlyn!'

Si Thrî Newydd bia'r geiria cyfarwydd, o du ôl i dudalenna'r *Sun*.

'Ti'n deud tha i!' medda Si Ffôr Newydd, o du ôl y *Daily Mirror* gyferbyn.

Ma'r holl siarad yn dân ar fy nghroen i. Yr unig beth dwi isho ydi llonydd. Llonydd i feddwl. Llonydd i betha rejistro. Llonydd i golstro uwchben y sgwrs sydd newydd fod.

Rydwyt yn dioddef o Âr-Tî-Dî rydwyf ofn, Mustyr Jones. Pa bryd y dychwelydasoch o De America?

Sowth Mericia? Aclwy maw, Doctor! Dydw i rioed wedi bod yn Sowth Wêls heb sôn am Sowth Mericia!

Cambodia, ynteu?

*Camp Bodia? Be di fan'no? Un arall o wersylloedd yr Urdd,
decinî? A be di'r Âr-tî-dî ma pan mae o adra?*

*Ec-Ec-Ec yn Gymraeg. Clefyd Crwban Coch...Rydwyf yn
iawn, nyrs?*

Rydych yn llygad eich lle, Doctor Mendioti!

*Mae y crwban coch ond yn byw yn Brasil a Cambodia. Mae
ef yn byw yn y jyngl. Mae ef yn...yn llyfu...nyrs?...*

Ia, Doctor. Llyfu ydi'r gair cywir.

*Diolch, nyrs...Mae ef yn llyfu llaw dyn a mae dyn yn cael
Âr-Tî-Dî wedyn, ac yn marw.*

*Aclwy maw! Does 'run tortois coch wedi fy llyfu fi, erioed!
Ydi'r Ec-Ec-Ec ma mor sîriys â hynny?*

Mae ef yn...yn...marwol, nyrs?

Ia, doctor. Marwol ydi'r gair cywir.

Mae ef yn marwol, rydwyf ofn.

Marwol? Aclwy maw!

Ac nid oes antidôt hefyd, rydwyf ofn.

Aclwy maw!

Roedd ei eiria wedi mynd â ngwynt i'n lân.

*...Faint o...faint o amsar wyt ti'n roi imi, felly? Blwyddyn?
Dwy?*

Macsimwm o tri wythnos, rydwyf ofn.

A dyna pryd yr ychwanegodd Guto Ritsh ei bŵt ei hun.
Sbia arni fel hyn, Wili Bach! medda fo'n gysurlon. *O leia ti
wedi bod yn ddigon hirben i neud dy wyllys.*

Tair wythnos! Feddylis i rioed fy mod i mor wael.

'O Dduw, plîs gad imi fendio. Wna i byth eto alw enwa ar
bobol na deud petha cas am Magi-paid-â-deud a'i gŵr...A
wna i byth eto jarjio pris arch dderw am un ratach...na deud

clwydda am neb…na…na galw enwa ar bobol…na deud petha cas am neb.'

Damia! Dwi'n gneud dim byd ond ailadrodd fy hun! Y ffaith ydi nad oes gen i syniad yn y byd sut i weddïo. Rioed wedi arfar, dach chi'n gweld! Pan fydda Nain yn gneud imi ddeud fy mhadar cyn mynd i glwydo, stalwm, y cwbwl fyddwn i'n neud oedd cau fy llygid yn dynn a thrio cofio enwa chwaraewyr pob tîm oedd wedi rhoi cweir i Efyrtyn y sîsyn hwnnw – Arsenal, Sbŷrs, Aston-Fúla, Lerpwl, Wlfs, Blacpwl, Bŷrnli, Dârbi Cownti, Portsmowth a dau neu dri arall. Ac fe âth Nain, rhen dlawd, i'w bedd yn argyhoeddedig bod ei Wili Bach hi wedi shwriantu'i le yng Ngerddi Paradwys.

Eniwêi, tair wsnos sydd gen i, rŵan, i bractisho sut i weddïo'n iawn. Nid er mwyn câl mynd i'r Nefoedd ond i drio osgoi mynd yno o gwbwl…o leia am sbel go lew eto.

Damia unwaith! Dwi'n gweld bod Si Wan Newydd ar ei ffordd yma! I fusnesu, ma'n siŵr!

'Sut ma'i?'

Trio bod yn glên mae o, ma'n debyg.

'…Stanley Jacobs ydi'r enw. O Lanllysnafedd ym Mhen Llŷn. Un o lle dach chi, 'lly?'

Am nad oes gen i'r mynadd i'w atab o, nac yn gweld unrhyw bwynt, chwaith, mewn mesur ei daldra fo, dwi'n cau fy llygid a throi nghefn.

'…Wel bydd fel'na, ta, y snwlyn!' medda fo o dan ei wynt cyn symud at wely Si Ffaif. 'How âr iw? Mai nêm us Stanli Jêcybs, ffrom Clanclysnâved in Penclŷn. Whêr âr iw ffrom?'

Ffarwelio

Neithiwr oedd y noson waetha yn fy hanas! Sefyll ar lan bedd drwy'r nos, rhwng cwsg ac effro, yn gwylio Cohen an' Sỳns yn gollwng arch i'r pridd. Yr un arch drosodd a throsodd a throsodd! Arch goch wedi'i hoelio rwsut-rwsut at ei gilydd, heb ddyftêl joint yn agos ati! Ac ar y caead, yn llawysgrifan-traed-brain Guto Ritsh, y geiria:

Wili Bach Saer, 70 oed,
a drengodd wedi i dortois coch anweledig ei lyfu.
Hogyn ei nain, os bu un erioed.

Roedd yr hen wraig yno yn y cnebrwn, a Taid yn gwmni iddi; y ddau'n sefyll gyferbyn â fi ac yn dal eu breichia allan dros y twll du fel taen nhw'n fy annog i neidio i mewn. Ac roedd Wili Welsh a Wali Wd yno hefyd, chwara teg iddyn nhw; Wili, a'i ddwylo'n llawn o fwclis ar gortyn, yn llafarganu'r arddodiaid, fel Catholic rhonc yn mynd trwy'i betha, a Wali'n ysgwyd ei ben yn drist o fod wedi câl ei lusgo'n ôl i fyd sydd mor amddifad o joints. Y Mêjyr a Mêt Monti oedd y côr, y ddau'n morio canu *She'll be coming round the mountain when she comes* a Chôr Meibion Lleidiog yn bàcing iddyn nhw. 'Pridd i'r pridd…' medda llais cyfarwydd y gwnidog. 'Lludw i'r effin lludw!' medda fo wedyn. 'Claddwch y basdad!' *'Ia, ia!'* a 'Clywch clywch!' medda lleisia erill, yn porthi o bell, a dyna lle'r oedd Magi-paid-â-deud ac Elis Lôud, fel Pynsh-a-Jiwdi, yn sbecian o du ôl y cerrig beddi. *'Felna ma hi yn yr hen fyd ma, Wili Bach,'* medda Magi dros bob man. 'Ia ia!' medda'r ameniwr ffyddlon wrth ei hochor. *'Fel mae un drws yn cau, mae un arall yn siŵr Dduw o agor yn rhwla arall, wyst ti.'* 'Clywch clywch!' medda'r garrag atab. *'Ond-paid-â-deud-wrth-neb-ma-fi-sy'n-deud-chwaith.'*

Coeliwch fi, mi adroddis fwy o Ein Tâds ac Owỳr Ffâddyrs mewn un noson nag ma'r Pôp wedi'i fwmblan o Hêil Mêris mewn blwyddyn gron. Gwasanath Cymraeg am yn ail ag un Susnag fydden ni'n arfar gâl yn asemblis Ysgol Sentral, stalwm, dach chi'n dallt; y Susnag fel rhyw fath o inshiwrans, am wn i, rhag ofn bod yr iaith fain yn cario mwy o bwysa yng ngolwg y Bod Mawr. A neithiwr, ar ôl pob Amen ac Êmen, ro'n i'n ychwanegu fy ngweddi fach fy hun, gan ofalu rhoi'r Susnag yn gynta, jest-in-cês fod gan honno well gobaith o lwyddo: 'Owỳr Ffaddyr, plîs let ddi Em-âr-ai rîsylt bî rong.

Fforefyr-and-efyr, Êmen. Pî Es. Aim sori byt ai don't nô eni...ym...eni adnodau in Inglish. Ein Tad, plîs plîs plîs deud wrth Doctor Du ei fod o wedi gneud cythral o fustêc. Diolch yn fawr iawn. Duw cariad yw. Cofiwch gwraig Lot. Yn oes oesoedd, Amen.'

Welwch chi fai arna i am deimlo'n sori-ffor-maiselff? Sori-ffor-iorselff fasa chitha, hefyd, taech chi yn yr un cwch â fi! Ac i neud petha'n waeth, roedd cân Jac-a-wil yn mynnu troi fel tiwn gron yn fy mhen i – 'O! Dwêd wrth Taid a Nain fy mod i'n dod' – ac yn gneud imi grio'n ddistaw bach o dan ddillad y gwely.

Ac wedi i'r dydd oleuo, fedrwn i ddim peidio â hel mwy fyth o feddylia. Petha fel – 'Os gwn i pwy fydd yn talu teyrnged imi yn y cnebrwn?' A 'Be geith ei ddeud amdana i yn *Llais Lleidiog*, tybad?' Ro'n i'n dychmygu Guto Ritsh yn cynnig ei hun am y job gynta ac yn gneud i lond capal chwerthin-dros-bob-man trwy adrodd hanas Magi-paid-â-deud...neu Magi Tŷ Pwdin fel roedd hi bryd hynny...yn fy sodro fi yn erbyn giât Steshon Fach, estalwm, a chladdu fy ngwynab bach eiddil i rhwng ei brestia anfarth nes mod i'n mygu'n gorn. Elis Llyn Gwydda fydd yn llunio gair amdana i yn *Llais Lleidiog*, ma'n siŵr, a dwi'n trio dychmygu'r dudalan flaen. Llun mawr ohono' i, mewn ffrâm ddu ac uwch ei ben, mewn llythrenna angladdol bras, y pennawd – 'COLLI LLINELL-GOLLWR'. Ac o dan y llun, eto mewn print du edifeirol, Elis Llyn Gwydda yn syrthio ar ei fai yn gyhoeddus, o'r diwadd, ac yn cyfadda ei fod o wedi gneud cam mawr â fi, flynyddoedd yn ôl; mai fy llinall i, ac nid un ei frawd-yng-nghyfrath, oedd wedi haeddu'r hannar coron o wobr. Ac ymhen amsar, pwy ŵyr na fydd Es-ffôr-sî, hefyd, isho gneud ffulm ar hanas fy mywyd i. Os felly, yna gobeithio mai Jon Ogwan geith y lîding-rôl, ddeuda i!

'Gawn ni neud eich gwely chi, Mustyr Jôs bach?'

'Nachwch!'

Fe ddylwn i fod yn falch bod Llangaffo a Llanrug yn ôl, ond dydi o fawr o bwys gen i, bellach, pwy sy'n gofalu amdana i.

'Dowch o'na, Mustyr Jôs!' Llangaffo sy'n crefu. 'Fel bod gynnoch chi wely glân a thaclus erbyn y daw'r doctor heibio.'

'Na! Dwi'm isho gweld y diawl hwnnw chwaith. Dwisho dim byd ond llonydd.'

A dwi'n troi nghefn ar y ddwy gan ddisgwyl iddyn nhw ddechra rhegi a lladd-arna-i. Ond y cwbwl dwi'n glywad ydi Llangaffo'n deud 'Bechod!' mewn llais trist a Llanrug yn rhoi ei llaw yn ysgafn ar f'ysgwydd i, cystal â deud eu bod nhw'n dallt yn iawn pam fy mod i gymaint yn y dỳmps.

I neud petha'n waeth, ma Moses newydd glywad ei fod o'n câl mynd adra heddiw, a mae o wrthi'n mwmblan canu, yn fodlon ei fyd,

> 'O fel mae'n dda gen i nghaaar-tref;
> Hen le ben-di-ge-dig yw caaar-tref...'

ond allan-o-diwn yn gythral.

Buan y daw rhywun i gymryd ei wely ynta, ma'n siŵr. A phan ddaw hi'n amsar i Wili Bach Saer gau'i lygid am y tro olaf un, mi fydd o'n gorfod gneud hynny yng nghanol dieithriaid llwyr.

*

Wrth glywad y *swish swiiish* yn cau amdana i, dwi'n sbecian trwy flewiach llygada bach a niwl dagra ac yn gweld Doctor Du yn sefyll yn nhraed y gwely, efo neb ond Nyrs Las Tywyll Newydd yn gwmni iddo fo.

'Mustyr Jones! Mae Doctor Mendioti wedi dŵad i'ch gweld chi.'

Dwi'n gwrthod agor fy llygid ac yn troi mhen draw. Bod yn bwdlyd ydw i, dwi'n cyfadda, ond dyna wnaech chitha hefyd, dwi'n siŵr, taech chi yn yr un cwch â fi.

'Dowch o'na, Mustyr Jôs bach!'

Wrth blygu'n rhy sydyn dros y gwely, i f'annog i gymryd sylw o'r doctor, ma hi'n cal damwain fach ac yn torri gwynt yn swnllyd. Damwain fawr yn hytrach! Rhech rymus hir, digon i lenwi hwyliau'r *Mimosa*, yr holl ffordd o Borthdinllaen i Borth Madryn.

Ma hynny'n gneud imi agor fy llygid yn y fan a'r lle ac yn gneud iddi hitha wrido'n biws. A ŵyr Doctor Du ddim be i neud na deud, na lle i sbio.

'Twt twt, Mustyr Jones!' medda hi'n flin, ei hanwyldeb wedi diflannu mwya sydyn. 'Peidiwch â bod mor fabïadd, da chi!' A dwi'n ama imi'i chlywad hi hefyd yn mwmblan rhwbath am '*fwy nag un ffordd o gâl effin Wili o'i wely*'.

Sa rhywun feddwl ma fi oedd yn gyfrifol am ei rhech hi! Rhyfadd, dach chi'm yn meddwl, fel y gneith amball un daflu bai er mwyn achub ei groen ei hun! Ond dwi'n dallt be sy, wrth gwrs! Ma hon hefyd, fel Nyrs Las Tywyll Echdoe, yn ffansïo Doctor Du a ma hi'n gwbod o'r gora nad ydi gollwng clecar o rech yn ei wynab o – damwain neu beidio – ddim yn mynd i'w dyrchafu hi yn ei olwg.

'Rydwyf yn ymddiheuriadu, Mustyr Jôns…'

Mae o'n cymryd arno, chwara teg iddo, nad ydi o wedi clŵad nac wedi ogleuo dim, ond ma'i wên fach slei yn deud y cwbwl.

'Apolojeisho mae o'n feddwl!' medda Nyrs Las Tywyll Newydd yn swta, gan neud ei gora glas i adfer hunan-reolaeth os nad hunan-barch. Ma hitha wedi sbotio'r wên hefyd. A dydi hi ddim yn dwp! Ma hi'n gwbod o'r gora ei bod hi wedi cachu'i chrefft, rŵan, cyn bellad ag y ma'r doctor du yn y cwestiwn. Pa top consyltant, wedi'r cyfan, fasa isho mynd â nyrs – un las tywyll neu beidio – i'r picjiwrs, i wrando arni'n boddi'r lle efo sŵn drewllyd felna a difetha'r ffulm i bawb?

'Mae…ym…bolocs mawr wedi bod, rydwyf ofn…'

Aclwy maw! Mae o'n mynd i ddeud rŵan, decinî, bod gen i lai na thair wsnos ar ôl. Y bydda i wedi mynd cyn bora fory, falla!

'Mae cymysgu i fyny wedi digwydd rydwyf ofn. Cymysgu i fyny rhwng ffeil ti a ffeil Proffesyr Wiliam Jôns yn Di Bêi…'

Dwi wedi agor fy llygid a dwi'n glustia i gyd, erbyn rŵan. Dwi'n gwbod y dylwn i dynnu sylw at yr idiom Seisnig ond, o dan yr amgylchiada, be uffar di o bwys?

'…Mae Proffesyr Jôns wedi dyfod yn ôl o Cambodia yn hwyrol…'

Gyda mwy o bwyll y tro yma, mae Nyrs Las Tywyll Newydd yn plygu i fwmblan yn fy nghlust, 'Yn *ddiweddar* ma'r diawl gwirion yn feddwl, wrth gwrs,' medda hi'n ddiamynadd.

'Hèl hath no ffiwri laic ê wman sgôrnd,' medda finna o dan fy ngwynt, ond yn cydymdeimlo â hi, serch hynny, yn ei hembaras.

'Y da newyddion ydyw hwn, Mustyr Jôns – nid ydwyt yn dioddef Ec-Ec-Ec ac mae Proffesyr Jôns yn Di Bêi yn dywedyd bod gyn ef antidôt i llyfiad crwban coch, felly nid ydyw ef hefyd yn mynd i marw.'

'Diawl erioed! Ma hwnna *yn* newydd da,' medda finna. 'Mi ga i fynd adra heddiw, felly?'

'Trwy ryfedd ffyrdd mae'r Arglwydd Iôr yn dwyn ei waith i ben.'

Ia, geiria Moses – pwy arall? Mae o newydd glywad fy mod inna hefyd yn câl mynd adra heddiw.

'...A beth oedd gwir achos eich cyflwr, gyfaill?'

'Dwi'n gythral am ffish-a-tships, a deud y gwir wrtha chi... O! Maddeuwch yr iaith!' medda fi wedyn, wrth sylweddoli fy mod i wedi rhegi yng ngŵydd gwnidog.

'Ffwc-o-bwys-am-hynny!' medda fynta'n ddi-hid. 'Ewch mlaen!'

'Wel...ym...ma na shop ffish-a-tships yn ymyl fy ngweithdy fi, dach chi'n gweld, a dyna fydda i'n gâl i ginio bob dydd. Ffîdan têc-awê o ffish-a-tships, a'u bùta nhw yn y gweithdy; oddi ar y fainc, fel rheol...neu, pan ma gen i ddewis, oddi ar gaead arch. Peth felly'n gneud gwell bwr-picnic o lawar, ac yn dipyn glanach a mwy haijînic. Sut bynnag, deud oedd y doctor bod yn rhaid imi beidio'u bùta nhw yn y gweithdy o hyn ymlaen, oherwydd bod blawd lli' yn sticio yn y saim ac felly'n hel yn fy stumog i. Dyna oedd yn rhoi'r poena imi, medda *fo*.'

Os o'n i wedi disgwyl cydymdeimlad, chês i ddim.

'Mi fyddwch chi'n cachu plancia, felly, gyfaill' medda fo'n gwbwl ddi-wên ac mewn llais-dallt-pob-dim. 'Ac yn teimlo'n llai rhwym o'r herwydd, siŵr o fod...Prŵns yn betha da, meddan nhw i mi.'

'Deudwch i mi,' medda finna, er mwyn troi'r stori at betha amgenach. 'Beth yw thema eich awdl mawr dwbwl? Fasa chi'n fodlon ei adrodd o imi?'

Diolch i newyddion da Doctor Du, ma gen i ryw ddiddordab rhyfadd mewn barddoniath, mwya sydyn.

'Yr awdl *hon*!' medda fynta'n ôl, gan roi pwyslais mawr ar yr ansoddair dangosol. 'Benywaidd yw awdl, gyfaill.'

A deud y gwir wrtha chi, dwi'n ei weld o'n debyg ar y diawl i un o'r Ffariseaid hynny oedd yn trio dysgu Iesu Grist yn y Deml, slawar dydd. Ond cau ceg a chau llygid pia hi, er mwyn câl clywad ei awdl, ac i benderfynu os ydi hwnnw...honno...hannar cystal â fy llinall goll i.

'Aim goin hôm ddus afftyrnŵn.'

'That's good. I'm glad.'

Ma Si Ffaif yn swnio'n gwbwl ddidwyll, chwara teg iddo.

'Whêr dw iw cỳm ffrom?' medda fi, er mwyn dangos tipyn o gyfeillgarwch brawdol, er mai Sais ydi o.

'From where do you come?'

Fi ofynnodd gynta, y crinc, medda fi wrtha fy hun ond dwi'm isho ymddangos yn blentynnaidd, felly dyma fi'n atab yn ddigon cwrtais: 'Clancleidiyg,' medda fi, a'i weld o'n gwenu'n ymddiheurol.

'I'm sorry, that's not what I meant,' medda fo. 'I wasn't asking a question at all; I was merely correcting yours.'

'Y?' A dwi'n ei gneud hi'n gwbwl amlwg nad oes gen i glem am be ddiawl mae o'n sôn.

'Old habits die hard, I fear,' medda fo, yn dal i swnio'n

ymddiheurol ond yn uffernol o ffroenuchal yr un pryd. 'You see, I'm a retired English teacher…Head of Department, actually…Private school, of course…'

'Of-côrs,' me finna, fel carrag atab.

'…and…well,' medda fo, 'the fact is, you shouldn't finish a question or a sentence with a preposition.'

Preposishyn? medda fi wrtha fy hun. *Be uffar 'di hwnnw pan mae o adra? Ddaru Iori Inglish rioed ddysgu'r gair yna inni yn yr Haiyr-Grêd stalwm.*

Er bod y ddwy gadar-olwyn yn cyrradd efo'i gilydd, does dim rhaid deud bod f'un i wedi cychwyn ymhell o flaen y llall.

'Wiliam Jôs, ia?' medda fo'n wyntog, a chwilio am gadar-fusutyrs i roi ei glun i lawr.

'Ti'n diodda o amnîshia, ta be?' me finna, fel ffordd o'i atgoffa ein bod ni wedi cwarfod o'r blaen.

'Na, ond ma pegla fi'n uffernol o giami, ia?'

O'i weld o'n bygwth rhannu ogla'i sana efo gweddill Si Bêi, dwi'n neidio i'r gadar-olwyn efo fy mag plastig Asda ar fy nglin. 'Deud i mi,' me fi. 'Faint o'r gloch ydi hi yn Hong Cong ar ddwrnod fel heddiw?

Mae'n cymryd sbel iddo fo ddallt y cwestiwn. A sbel arall iddo fo graffu ar wynab y Rolecs-cogio-bach. Yna, o'r diwadd, 'Tŵ-twenti-tŵ, ia?' medda fo

'Iawn ta!' me finna. 'Dwi'n barod i fynd. Traed arni, Co Mawr!'

'Ocê,' medda fo'n gyndyn. 'Chdi dal dŵr chdi, ia?'

'Dal fy nŵr?' medda fi wrtha fy hun. 'Aclwy maw! Efo chdi'n dreifio, Co, ma'n gofyn imi gâl bladar cymint â swigan mochyn…neu falŵn-deud-tywydd.'

Ma Moses wedi gadal heb ddeud gair a dwi'n gwbod o'r gora na wela i mo'no fo byth eto oherwydd does gan Co Mawr a finna ddim mwy o obaith dal i fyny efo fo na fasa gan Mêt Monti o ofyrtêcio Guto Nuth Brân.

'Hwyl fawr!' medda fi, a chodi llaw i ffarwelio efo Si Thrî a Si Ffôr ond y cwbwl dwi'n weld ydi tudalenna blaen a chefn y *Sun* a'r *Daily Mirror*. Ond ma'r *Times* yn fwy cwrtais.

'Goodbye. I'm glad that everything has turned out well for you.'

'Wel chwara teg iti am fod mor glên,' medda fi wrtha fy hun, a chodi llaw yn ôl. Fel dwi wedi deud yn barod, ma sbyty'n lle da i ddod i nabod pobol. Ac yn lle da i ddod i nabod eich hun hefyd.

Ma 'na brysurdab mawr o gwmpas ynysddesg y nyrsys. Doctoriaid mewn gwyn yn pori trwy ffeils-ac-ati, nyrsys yn brysur yn atab ffôns ac yn gneud be ma nyrsys i fod i neud, a dau glaf yn aros am wely, un mewn cadar-olwyn a'r llall – dyn bach tena, gwael yr olwg – yn sefyll fel cactys unig mewn anialwch, efo bag Tesco hannar gwag ar ei fraich.

'Ynysddesg y nyrsys!' me fi wrth Co, er mwyn câl deud rhwbath. 'Ma honna'n gynghanedd sydd â chysylltiad efo dau godiad, i ti gâl dallt!'

'Y?' medda Co Mawr yn ôl, yn gwbwl anniwylliedig.

'Anghofia fo!' me finna. Ac yna, wrtha fy hun, 'Os na fedra i sortio d'arddodiaid di, mêt, pa obaith efo rhwbath mor trici â chynghanedd-codiad-dwbwl?'

Wrth weld y fath brysurdab o gwmpas y ddesg, dwi'n cofio am Llangristiolus a'r Cochyn a ma'r geiria *Dyddiau dyn sydd fel glaswelltyn* yn dod â deigryn yn ôl imi. Ond rhaid i fywyd fynd yn ei flaen, decinî.

Ma Llanfairpwll a Llangaffo â'u cefna tuag ata i, yn siarad efo Doctor Du, Doctor Brown a'r ddau brentis llwyd.

'Stopia am eiliad, i mi gâl deud ta-ta!' medda fi wrth y dreifar ac ma Co Mawr yn gneud hynny yn y fan a'r lle, heb unrhyw beryg o sgidio.

'Dwi'n mynd rŵan!' medda fi wrthyn nhw.

Ond maen nhw'n rhy brysur hyd yn oed i nghlywad i.

'Diolch yn fawr ichi am bob dim,' medda fi eto, efo mwy o lais. 'Dwi'n teimlo fel Lasarus wedi câl adfywiad, diolch i *chi*.'

Am nad ydyn nhw'n cymryd sylw rŵan chwaith, mae olwynion y gadar yn dechra troi unwaith eto, fel injan-malu-metlin yn codi spîd. Ac wrth i Co Mawr godi stêm a dechra tuchan, dwi'n clywad llais Nyrs Las Tywyll Newydd, rwla tu cefn inni, yn rhoi instrycshyns.

'Mustyr Ffredrics, in ddy whîl-tshêr, tw Si Tŵ plis, nŷrs…'

Llanfairpwll sy'n câl y job honno, yn amlwg. Hynny'n golygu mai Llangaffo, felly, bia'r cyfrifoldab am y llall – y Cactys efo'r bag Tesco.

'… A Mustyr Tomos, nùl-bai-mowth, i Si Sics, nỳrs!'

'Aclwymaw! Dydi ngwely fi ddim wedi câl amsar i oeri eto!… Traed arni, wir Dduw, Co Mawr!' me fi, a dechra cyfri teils y llawr, i basio'r amsar.